忘却
从来都不是一种选择
—— 法国当代后记忆
战争文学研究

平原 ◎ 著

首都经济贸易大学出版社
Capital University of Economics and Business Press
·北京·

图书在版编目(CIP)数据

忘却从来都不是一种选择：法国当代后记忆战争文学研究/
平原著.—北京：首都经济贸易大学出版社,2019.10
ISBN 978-7-5638-3015-2

Ⅰ.①忘…　Ⅱ.①平…　Ⅲ.①战争文学—文学研究—法
国—现代　Ⅳ.①I565.065

中国版本图书馆 CIP 数据核字(2019)第 239600 号

忘却从来都不是一种选择——法国当代后记忆战争文学研究
Wangque Conglai Dou Bushi Yizhong Xuanze
——Faguo Dangdai Houjiyi Zhanzheng Wenxue Yanjiu
平　原　著

责任编辑	陈　侃
封面设计	砚祥志远·激光照排 TEL：010-65976003
出版发行	首都经济贸易大学出版社
地　　址	北京市朝阳区红庙（邮编 100026）
电　　话	(010)65976483　65065761　65071505(传真)
网　　址	http://www.sjmcb.com
E- mail	publish@cueb.edu.cn
经　　销	全国新华书店
照　　排	北京砚祥志远激光照排技术有限公司
印　　刷	北京玺诚印务有限公司
开　　本	710 毫米×1000 毫米　1/16
字　　数	180 千字
印　　张	10.25
版　　次	2019 年 10 月第 1 版　2019 年 10 月第 1 次印刷
书　　号	ISBN 978-7-5638-3015-2
定　　价	45.00 元

前　言

　　战争是文学表现的永恒主题之一。战争文学普遍以揭露战争的残酷、表现阶层间的矛盾为内容，以表达人性与人生的荒诞、敲响反战警钟为目的。早期的战争文学作品，其具体内容主要集中在描写宏大的战争场面以及讴歌对君主的忠诚之上，例如《荷马史诗》《熙德之歌》；在此之后，很大一部分战争文学作品，将表现重点放在了战争对人类肉体和心灵的折磨上，道出了战争的非人道性，例如美国作家史蒂芬·克莱恩描写南北战争的《红色英勇勋章》，德国作家埃里希·玛利亚·雷马克描写第一次世界大战的《西线无战事》，以及他的同胞恩斯特·容格尔同样写一战的《钢铁的暴风雨》。在近现代，随着经历战争的一代人慢慢消逝，年轻一代的作家则更为关注战争带给人类的长期影响，尤其是许多与大屠杀主题相关的作品，它们表现的不再是承受具体身体伤痛的父辈，而是将目光慢慢转移向他们的下一代，例如美国作家乔伊斯·卡洛尔·欧茨的《表姐妹》，德国作家本哈德·施林克的《朗读者》。战争文学的作家也从经历过战争的一代逐渐向从未亲身经历战争的战后一代过渡，因而，战争文学的视角也从表现战争当时的残酷、战争过后的反省演变为通过重新审视过去的战争，跨越它所带来的创伤，从而获得对人类当下所面临问题的指引。

　　法语战争文学一直以来都是世界文坛上战争文学中强大而独特的一支。从中世纪表现英雄抵御外敌之英勇的武功歌《罗兰之歌》，表现骑士的英勇与忠诚的骑士文学作品《朗斯洛》《伊万或狮子骑士》，到 19 世纪表现布列塔尼地区叛乱的《舒昂党人》，表现普法战争的《羊脂球》《最后一课》，再到以第一次世界大战为主题的《火线》，20 世纪中描写第二次世界大战的《海的沉默》《法兰西组曲》《弗兰德公路》《北方》《桂河大桥》，以及反映印度支那战争和阿尔及利亚战争的《第 317 排》《男人们》《法兰西兵法》，法语战争文学以它独特的视角与表现方式在世界战争文学领域占据了重要的位置。

　　近年来法国当代文坛上的战争文学作品多由第二次世界大战（以下简称"二战"）后出生的一代作家写就。这些作品以二战期间的历史、人物为主题，以崭新的角度重新展开历史画卷。这样的作品在徜徉历史、大胆假设的同时警醒着现实社会。这其中有不少作品受到各大文学奖项的认可,其中包括《复仇女神》(*Les Bienveillantes*,作者乔纳森·利特尔,Jonathan Littell),获 2006 年龚古尔奖;《夏洛特》(*Charlotte*,作者大卫·冯金诺斯,David Foenkinos),获 2014 年勒诺多奖;《日程》(*L'ordre du jour*,作者埃里克·维亚尔,Eric Vuillard),获 2017 年龚古尔奖;《魔鬼医生的消失》(*La disparition de Josef Mengele*,作者奥利维埃·古埃,Olivier Guez),获 2017 年雷诺多文学奖;等等。

这一类作品被大家称为后记忆文学。这些作家没有亲身经历过战争,却深受其影响。他们从经历过创伤事件的父辈那里或集体记忆中获得了一种记忆,这便是后记忆。后记忆这一概念是由美国哥伦比亚大学英语与比较文学教授玛丽安娜·赫希提出的。这并不是真的记忆,因为他们并没有亲身经历过该事件,但它却具有与记忆同样的特点,鲜活并对人们产生深重的影响。战后一代生活在创伤后的时代,获得的类记忆与创伤仍萦绕在他们的生命中。因此,后记忆文学作品表现出创伤后症状的种种特点,例如对创伤事件的不可控回想,代表创伤事件的意象的重复出现,现实与过去的交错叙述等。但这并不是全部,后记忆文学进一步表现出如何走出创伤的过程,将对创伤事件的回想,情绪的表达宣泄,与站在战后的角度重新看待并接受历史这三者结合起来,从而达到跨越创伤的境界。战后一代作家在他们的作品中重新讲述了过去,并加入了对现实的批判与质疑,这是不同于以往战争文学的一个显著特点。举个例子,这类战争文学作品不再只关注战争给人带来的直接冲击——突然而至的死亡,血肉模糊的战场——而是会思考:为什么这样可怕的战争会一直发生呢?"因为它就是现实最简单的形式。所有人都想要战争,为了让问题简单化。"①对于那些不循规蹈矩而制造麻烦的人,人们普遍的想法就是使用武力来让他们屈服,从而解决问题。在战争中,人们妄图使用这种方式来让人屈服,但是人不是动物,人有自己的意志,所以最后这一目的终究会失败。那些相信武力的人,却总是认为只要武力再强一些,我们就能取得胜利。因此他们对失败耿耿于怀,想要在战后的社会里再次使用同样的模式来取得胜利。但问题的重点在人,而不在于武力有多强。人们并没有真正从战争中习得真谛,他们没有明白武力不是解决一切问题的终极方式。他们反而被战争洗脑,被那些残忍的死亡震慑。

---

① 阿历克西·热尼. 法兰西兵法[M]. 余中先,译. 南京:译林出版社 2015:275.

他们看到了战争可怕的面孔,屈服于武力之下。他们并没有看到正是这种对武力的崇拜,这种野蛮的解决方式,才是问题之根本所在。稍微对战争的原因加以思考,人们将会很快发现事情的真相。而后记忆战争文学正是这样的一种思考。

本书借用"后记忆"的理论概念,以及当代"创伤研究"的理论方法,以法国战后一代作家所创作的几部较为重要而富有代表性的后记忆战争文学作品为具体对象,进行文本细读和分析,在对战争创伤的成因、症状,以及了解如何跨越创伤的基础之上,对战争创伤对战后一代的影响及后记忆的形成原因做一剖析,进而对后记忆文学的形成、特点以及后记忆文学如何体现对战争创伤的跨越做进一步研究。

本书分为四个章节。

第一章:对创伤理论进行介绍。

第二章:对于后记忆的成因进行剖析。

第三章:对于后记忆文学进行介绍。

第四章:从跨越创伤的角度来分析法国后记忆文学作品的三部代表作,即阿历克西·热尼的《法兰西兵法》、皮埃尔·贝茹的《妖魔的狂笑》、菲利普·克洛代尔的《布罗岱克的报告》。

本书从跨越创伤的角度入手,研究战后一代作家所创作的法语后记忆战争文学作品。相信这一研究可以从方法上和视角上给法国战争文学的研究带来新意,从而填补中国现当代法语文学研究的一个小小的空白,为理解现当代法语文学找到另一个新的角度,同时也提供一个将优秀现当代法语战争文学作品介绍给中国读者的契机。

目 录

第一章　创伤研究

　　当代创伤研究以弗洛伊德精神分析理论中的创伤研究为基础，其中历史与文学中的创伤理论研究的主要代表人物有美国康奈尔大学教授多米尼克·拉卡普拉（Dominick LaCapra）、卡西·卡鲁思（Cathy Caruth）。多米尼克·拉卡普拉的创伤研究基于第二次世界大战（以下简称"二战"）二战时期犹太人大屠杀这一20世纪重大创伤性历史事件，主要集中在研究创伤记忆与历史之间的关系。卡西·卡鲁思的创伤研究则主要集中在创伤记忆在文学作品中的体现。

　　要理解创伤、记忆、历史与文学之间的关系，我们必须先了解心理创伤的概念、创伤后的症状以及跨越创伤的过程。这便涉及弗洛伊德有关创伤研究的理论。下文将对相关的概念和理论做一简要的介绍与述评。

第一节　心理创伤

创伤（trauma）一词在希腊语中的意思就是伤口。这一词汇最开始出现在医学的外科领域，后来被引入心理学领域，用于描述精神受创的结果。这里所说的创伤是指面对死亡或者经历其他种种极端事件后，内心所受的伤害。弗洛伊德对心理创伤的定义是：

> "一种经验如果在一个很短暂的时期内，使心灵受到一种最高度的刺激，以致不能用正常的方法谋求适应，从而使心灵的有效能力的分配受到永久的扰乱，我们便称这种经验为创伤。"①

一、什么是心理创伤

早在 1889 年，德国神经科医生赫尔曼·奥本海姆（Hermann Oppenheim）就第一次使用了创伤神经症（névrose traumatique）这一词汇来描述一个铁路建筑事故受害人所表现出的神经性症状，例如重新经历事故的噩梦、睡眠障碍、选择障碍、铁路恐惧症、情绪不稳定等。在这之后几年，德国精神病学家埃米尔·克雷佩林（Emil Kraepelin）用恐惧精神症（névrose d'effroi）来描述相似的症状。但他强调并不只是事件的受害者会受到创伤，该事件的旁观者、目击者也会受到波及，他们也有可能会表现出噩梦、情绪波动、性格甚或行为错乱等症状。

而弗洛伊德用了创伤性入侵（effraction traumatique）这一词汇来描述受创伤主体的种种症状。他从一系列（尤其是歇斯底里）症状的研究入手回溯到创伤事件本身，研究了创伤性事件本身的特点以及如何跨越创伤，并发展出一套完整的创伤理论。弗洛伊德的创伤理论中涉及创伤性事件（即形成创伤的原因）、创伤表现症状以及如何跨越创伤。这一理论是结合他的临床研究得出的，具有强大的事实依据，并在此后的创伤心理分析历史上起到了基石般的作用。这也是众多历史学家、文学家结合弗洛伊德创伤理论来研究创伤历

---

① 西格蒙德·弗洛伊德. 精神分析引论 [M]. 高觉敷，译. 北京：商务印书馆，1984.

史文本与创伤文学文本的原因。

在《歇斯底里症研究》① 中，弗洛伊德阐述了他对精神创伤的想法，其中包括创伤动力、压抑，以及创伤症状的构成。他主张，那些令人在有意识的状况下不能承受或不能接受的事件会被遗忘，然后以身体症状的形式回归，例如强迫性行为（有一种不可抗拒力会迫使主体完成他们不能控制的行为）、重复性行为（主体不停地重复某一行为）。而这种行为的产生是由于对于创伤性事件的情绪没有得到合理宣泄，这种情绪如同对于此事件的回忆一样被压抑了。

找到第一次突然出现创伤症状时的记忆是十分重要的，而这一记忆通常是被压抑的，因为这是受创者不愿意面对的痛苦经历。然而这一时期的记忆和现时状况下的创伤症状有着必然的因果关系。这一关系有时十分明显，例如在进餐时发生了一件令人十分痛苦或烦躁的事，这时当事人感到恶心反胃，有关这一事件的记忆会被压抑，但是在进餐时恶心反胃的感觉却有可能在一段时期内挥之不去。一旦使病患回想起引发后续一系列症状的对最初事件的记忆，乃至伴随该事件所产生的情感，那么他的一系列症状就会消失。最重要的是要让病患尽可能详尽地描述该事件，并在此过程中加入描述情感的词。

> "没有情感的回想几乎产生不了任何作用。要尽可能详细生动地对最初的事件中的心理过程进行重复，要回到事件最初的状态，然后将其用语言表达出来。"②

在《摩西与一神教》③ 里，弗洛伊德提出了潜伏期（latence）的概念，用来解释关于创伤事件的记忆如何被遗忘，又如何在遇到相似事件的刺激下以各种症状的形式回归。

每一个灾难性事件都会引出并传递其他发生在更久以前的灾难性事件的记忆。正因如此，历史变成了一个各种事件的混合，某些事件会引出之前创

---

① Sigmund Freud. Etudes sur l'hystérie, Oeuvres Complètes, Psychanalyse, Volume II ［M］. Paris：Presses Universitaires de France, 2009.

② Sigmund Freud. Etudes sur l'hystérie, Oeuvres Complètes, Psychanalyse, Volume II ［M］. Paris：Presses Universitaires de France, 2009：27. "Une remémoration sans affect est presque toujours totalement sans effet ; le procès psychique qui s'était déroulé à l'origine doit être répété de façon aussi vivante que possible, amené au statum nascendia, et ensuite 《exprimé verbalement》."

③ Sigmund Freud. Moïse et le monothéisme ［M］. Paris：Gallimard, 1980.

伤事件被压抑的记忆，而这些事件本身可能也会产生创伤性记忆，于是在某种程度上受创主体就一直生活在创伤之中。例如，中东问题在很大程度上就是一个创伤的后遗症问题，对于以色列和巴勒斯坦来说都是这样。对于犹太人来说，如果没有大屠杀事件就不会有以色列。在经历种种不幸之后，他们尝试接受历史记忆中的苦难并试图就此改变犹太人的历史。鉴于曾经遭受的大屠杀以及剥夺种族文化与财富的创伤，他们重点发展军事防备的举动也就不难理解。我们甚至可以说，以色列这个国家的存在以及运行的方式就是创伤表现出来的症状。而巴勒斯坦人同样经历了被驱逐、被殖民、被占领等种种不幸。这个国家同样处于创伤之中。所以基于它们所经历过的种种历史上的创伤，实际上"在中东地区，以色列不仅在对抗巴勒斯坦，而且还有纳粹和几个世纪以来对犹太人的仇恨。而巴勒斯坦不仅在对抗以色列，而且还有几个世纪以来对欧洲殖民者的情绪。这两个国家之间的问题调解起来十分困难是毋庸置疑的。这是一场众多鬼魂在争斗中力图证明谁可以制造最久远创伤的战争"①。

二、创伤事件的特点

创伤性事件会破坏一个人的心理平衡，使之无法将此事件与任何其他经历做对比或同化，创伤制造了一个认知与经历之间的断层。通常，记忆随着时间的推移会被我们所淡忘甚至彻底忘记，但是对于创伤性事件的记忆则不会。首先最有可能出现的情况是，这一记忆被压抑起来。这一记忆不同于其他记忆，尽管被压抑，但它仍会反映在之后主体的行为之中，造成一系列的症状。同时，受创者对于这一事件有着情感上的互动，但这一互动也被压抑，没有得到宣泄，这便是有关这一被压抑事件的记忆对当事人的影响不断绵延下去的重要原因。而之所以对这一事件的情感没有得到合理的宣泄，与创伤性事件本身的特点以及在经历该事件时当事人自身的状况相关，通常是因为这是当事人想要有意忘记的不愉快经历。这类事件通常包含以下的特点：

（一）面对真实的死亡

精神创伤通常来自主体近距离面对真实死亡的经历，也就是说主体亲眼

①　Berger James. A War of Ghosts［J］. Tikkun, Vol. 18 Issue 1. Jan/Feb, 2003（76）. "In the Middle East, Israel is fighting not just the Palestinians, but the Nazis and centuries of haters of Jews. The Palestinians are fighting not just the Israelis, but centuries of European colonizers. No wonder negotiation has proved so difficult. This is a war of ghosts battling for the vindication of the most ancient injuries. "

看到了死亡，或者他经历了和死亡相似的令人震惊的事件。这样的创伤事件又可分为三种：第一种情况是，主体自己曾在死亡的边缘，例如车祸中的幸存者，或者谋杀案件中的幸存者等；第二种事件是，主体目睹了和自己具有同样身份人的死亡，例如，两名战士，其中一个目睹了另一个战士的死亡；第三种情况是，主体亲眼看到了众多的尸体，状况糟糕、惨不忍睹，这种情况通常出现在大型交通事故或是战役之后。弗洛伊德指出，即便我们明知有一天我们会死去，我们都不会真的相信死亡这件事，直到亲眼看见。

（二）恐惧

此处指的是事件给主体所带来的即时影响。恐惧有两个方面：一方面它涉及表达的层面。所有的想法和语言都消失了，主体好像活在一个语言的空白区，他会有一瞬间的头脑空白，甚至发现自己处于故障状态，头脑不能够正常的运转，找不到语言来表达自己，思维停止在一个画面上。另一方面，恐惧涉及情感的层面：它会伴随着情感上的空白，出现既不感到害怕也不感到不安的情况。我们甚至没有时间来感到害怕。这些就是创伤性入侵的特征，随之而来的是其他一系列的精神病理学的表现。在记忆被否认的阶段，恐惧也可能伴随着引起恐惧的事件一起被遗忘。

（三）突然性

弗洛伊德对意外这一元素很看重。即便是在明知这一事件会发生的情况下，该事件发生时也总是伴随着一部分的意外。例如，在战场上，一个士兵目睹了许多的死亡，但是当他身边的战友死去的时候，这一事件对于他来说也还是一个意外。

（四）事件会留下一种感觉

我们所看到的，例如燃烧着的房屋；听到的，例如爆炸声；闻到的，例如尸体腐烂的味道；感觉到的，例如肌肉的紧绷状态；品尝到的，例如血的味道；都会留在记忆中。创伤总是来自真实的事件。所以，尽管别人讲述的事件如何使人感到痛苦，电视或电影中的故事如何可怕，就算因此情感上受到再大的冲击，那也不会造成创伤。这是诊断创伤神经官能症的一大特点。

我们认为，创伤不会直接由一代人传递给另一代人。尽管两代人之间的表现有很多的相似之处，但集中营受害者后代的噩梦是幻想性的创造。出现这种现象的原因是由于创伤事件的下一代始终生活在创伤事件的阴影之中，他们与创伤事件本身有一种非常复杂的关系，也就是后记忆。这是一种记忆的传承，是一种获得性的类记忆，是由想象、投射与家族、社会的记忆传递组成的，我们会在第二章对此展开叙述。理解后记忆的关键，在于分析主体与受创伤者之间的关系，以及知晓主体对于此事件的决定性情感是什么。

另外有科学研究表明，父母经受的创伤经历或者说由此所产生的变化，可以通过遗传的方式传递给子女，甚至第三代，这被称之为表观遗传。这一点，我们会在第二章中展开详细说明。

三、创伤后症状

（一）即时影响及早期症状

在创伤性事件发生之后，主体有可能并不会出现任何明显症状，这是由于通常情况下，受创伤者会否认现实。否认现实是在恐惧以及所有思想和情感都被压抑之后出现的。有时主体只丧失了对于事件的一部分记忆，有时则是把事件整个抹去，而否认所持续的时间因人而异，有时是几年，有时甚至是一生。

创伤一般的即时表现为不安，而不安有多种表现形式，从可被接受的压力一直到丧失人格，丧失现实感，感到在经历梦境，经历时间的加快或放慢，短时间内丧失时间感、空间感。在事件接下来的几个小时或几天中，主体有可能会发展出阵发性的情绪失控、忧郁或轻微的精神失常。

（二）创伤后长期症状

创伤后长期症状往往是即时症状的加重和持续。总体来说，创伤后时期是由微小的症状、广泛存在的焦躁以及性格错乱构成的。在军队中，有如上症状的士兵会被遣送回国或回乡。更为常见的情况是，创伤后时期是一个稳定情绪的时期，在此时期我们可以针对各种症状实施一系列治疗性的措施。

1. 潜伏期。创伤的一大重要特点就是延后。有可能在事件发生后的几周、几个月甚至几年里，受创主体都处于无症状状态。第一时间，记忆被抑制，整个事件被否认，然后，也许是因为相似事件的刺激，它又随着强迫性和重复性的行为而出现。因此，创伤会引起现在和过去、幻想和现实、内部世界和外部世界的混淆。而心理分析师所要做的第一件事就是发现受创伤主体存在被压抑的记忆，并将这一发现分享给对此并不知情的病患。

2. 重复性症状。关于创伤事件的记忆可能被封存，但是它产生的后果已经深深影响了经历事件的主体。经历创伤事件的主体或许不记得创伤事件本身，但他往往把这种被封存的记忆用行动表达出来。他把这个事件用行动的方式记忆起来，而且往往在不自觉的情况下不停地重复着这个行动，这就是重复性症状。不停重复某一个行为正是不停地遏制回想创伤事件本身。这是对真正回想的一种对抗。而真正创伤性神经官能症的症状在对创伤记忆的否认结束之后就开始出现，这时的重复性症状涉及回想创伤性事件的场景，例如噩梦中重临现场。在这样的过程中，受创伤主体重新经历创伤性事件，如同重临现场。如果是一场噩梦的话，他会被吓醒，并汗流浃背，感到一种极度的焦虑。很多情况下，他需要一些时间才能找回在现实所处的状况中。又例如，一位曾经经历空难事件的女士，事件发生时飞机着火了。从此以后只要她闻到烟味或什么东西烧着的味道，她就会跑开，就像当时她从着火的飞机中逃走一样。原则上来说，这样的重复性症状只会严格而忠实地反映原本的事件。而这样的特点让许多人感到震惊，因为很多人在半个世纪之后重新经历了一件曾经在他们年轻时发生的事。

3. 焦虑。焦虑或不安总是最容易被观察到的临床症状。在受创主体的种种表现下，我们常常能够看到一种深层的、严重的焦虑不安，以及各种恐惧症状，尤其是与创伤性事件相关的恐惧，例如对于人群以及公共交通工具的恐惧。焦虑可能也是各种身心问题的源头，这一点尤其令人担心。因为受创伤主体很可能经历了创伤性事件以及多次手术所带来的可怕伤痛，所以疼痛在一定时间之内是合理的。在这种情况下，我们发现一个恶性循环：疼痛激活创伤，创伤激活焦虑，而焦虑又通过疼痛来表达。

4. 抑郁。在抑郁出现之前，往往伴随着重复性症状。如果处理不得当，它会从简单的悲伤发展为极度的抑郁，甚至被迫害妄想。在这两个极端之间，抑郁有几种常见的形式，包括悲伤的情绪，精神上的抑制，身心疲累，意志缺失，记忆、注意力错乱，头痛等一系列身体上的痛苦。

5. 对于现在与过去的混淆。受创伤主体在某些情况，尤其是在受到类似刺激的情况下表现出来的真实感和现场感，实际上源自原始创伤性事件。尤其是在移情中所表现出来的当下的冲突与问题，其原因其实存在于原始创伤性事件中。正是相似的事件或情感触发了被压抑的创伤记忆，从而引出了当下的问题。关于移情的具体概念将会在后文中做解释。

6. 性格与行为错乱。此类错乱是持续而多样的，在形式与强度上也如此。例如，自我反省，伴随模糊情绪的易怒症状，主体不自知的攻击性，在家里甚至家庭之外的暴力行为等。弗朗兹·奥利维的小说《美国佬》（2010年）就讲述了这样一个故事：一个美国士兵在法国经历了诺曼底登陆，战争之后，他变成了一个性情暴躁的人，对他的妻子和孩子常常是拳脚相加。他的儿子始终不能摆脱父亲在他的成长过程中带来的阴影，直到他死去。性格上的错乱往往会导致行为错乱，而此，类错乱可以作为严重创伤神经官能症表现症状的最后阶段。

四、跨越创伤

创伤一旦形成，治愈创伤往往是一个漫长的过程，有时甚至没有治愈的可能。创伤性事件带给受创主体的伤害和影响会一直存在。对于创伤，如果受创者能够做到坦然接受该事件曾经发生在自己身上，将自己彼时的情绪宣泄出来，正视自己所受到的伤害，知晓这一切都已经过去，自己处在当下现实中，这就是对创伤的跨越。而遵循创伤事件发生后的时间线索，对创伤的治疗包含以下几个方面。

（一）即时照料

为暴露在创伤性事件后几个小时中的受创者提供的照料，被称为即时照料。正常来讲，往往我们并不知道谁真正受到了创伤，谁仅仅是非常不安。有时，创伤会在几天、几个月，甚至几年之后才出现。

即时干预的第一大作用就是在场作用。精神创伤专家来到受创主体身边，聆听他们讲述刚刚所经历的地狱般的事件，并为他们提供心理方面的帮助。这里的重点在于针对被遗弃感的干预。这种感觉在经历过巨大创伤之后会表现得非常明显。从几个月或者几年之后的跟踪调查结果来看，在一些严重的病患那里，这种被遗弃感有可能造成很严重的精神病况。即时干预的第二大作用就是交谈作用。这意味着和受创者进行对话，即便是在他拒绝的情况下。他会看到其他人在和救助者对话，如果他真的受到创伤的话，他会很快明白，对话是对抗创伤的解药。而且对于那些受到极度惊吓的病人来说，他们常常失去了说话的能力，而对话能够把他们带回正常世界。

即时的照料是非常重要的，医护人员可以据此知道哪些人需要进一步的照料与观察，而且对受害者的陪伴与沟通往往可以减弱甚至阻止心理创伤的出现。

（二）事后照料

在事件发生后的几天到一两周之后对受创者进行的照料被称为事后照料。

根据受创者的状况，会采取不同的治疗方式，例如集体汇报，或个人对话。事后照料是介于即时照料与中长期治疗两者之间的一个重要治疗阶段。

（三）中长期治疗

中长期治疗的目的主要集中在将创伤引入到主体的意识中从而控制它。回想—进现—修通是创伤心理治疗的三个重要的阶段。

1. 回想。回想的关键在于重新找回被抑制的创伤性事件的记忆。在事件发生后的第一时间，受创伤主体往往有意识地否认创伤，并将有关记忆压抑起来。他们认为回想起这事件本身会让自己的情况更加糟糕，承认自己被其影响会让自己的病况更加严重。在早期治疗中，医生在催眠的帮助下，试图直接在病人的潜意识中找到被压抑的记忆残留。在放弃催眠治疗后，在自由联想治疗中，医生凭借对出现在病人脑海浅层中的要素的分析，发现这些被病人遗忘的事件残留，并让病人把这些残留连接起来，填补他们记忆中的空白，从而克服被压抑的记忆，找回消失的受创记忆。

通常这被压抑的记忆，会被受创伤主体用行动的方式记忆起来，在不自觉的情况下不停地重复着这个行动，用这种强迫的行为来遏制自己回想创伤事件的冲动。病人重复着那些已经从被压抑的记忆中分离出来的元素，这些元素已经深入他的个性，并以各种不同的形式表现出来，这也就是性格错乱甚或行为错乱的原因。对于受创伤主体来说，他所感到的困难与压力是现时的，但究其根本，这些问题的原因还在过去，还在被压抑的记忆中。只有在完全放下对回想的对抗之后，病人才会发掘出被自己压抑的记忆，病人所表现出来的症状才会减轻。这个阶段治疗的目的就是要改变病人对于自己病况的态度，让他们从对问题的逃避、压抑中走出来，正视问题本身。在这期间，有可能会释放出更多的重复元素，进而让病人感觉病情更加严重了，但这只是暂时的情况。在治疗后期，可以引导病患将进行强迫性重复行为的意愿转换成与被压抑回忆的重复互动。要让病患意识到只有通过认识自己的经历与不幸，一个人才能够学会感知。

2. 进现。在《回想，重复和修通》（*Erinnern, Wiederholen und Durcharbeiten*）中，弗洛伊德引入了"Agieren"（汉语翻译为"见诸行动"）的概念，在英语中被翻译为"Acting out"，法语中被翻译为"Passage à l'acte"。法国心理学家雅克·拉康（Jacques Lacan）认为英语的翻译更为准确，因为"Agieren"的重点在于情感的抒发和表述，有可能并不是进行真正的行动。受创伤者对于创伤事件的情感如同对于此事件的记忆一样被压抑了，没有得到宣泄，所以这一阶段的重点在于对情感的重新表述。在回想过去的过程中，将当时的情绪也回想起来，并表达出来，但这并不一定要以行动的方式表达出来，这种目的可以在更具有建设性的活动中被达成，例如在对话中，在利于表达的治疗中对自己的情感进行表述。

而我们认为：传统的汉语翻译"见诸行动"与法语的译文有着相同的问题，所以，本书作者倾向于将这一概念翻译成"进现"，试图表达出这一阶段中情感的喷发和呈现。因此在下文中，我们会用"进现"这一术语。能够用积极而确定的方式表达自己内心对于创伤性事件的情感冲突，这是跨越创伤的一个重要方面。

在跨越创伤的每一个阶段我们都能看到重复，尤其是在进现的阶段。在这一阶段，受创主体需要在回想中，在与治疗师的沟通中，在讲述自己的经历时，将所压抑的情绪释放出来。在恢复创伤事件记忆的初期，在大多数情况下，病患并没有将被压抑的情绪一起唤醒，进现实际上就是唤醒这些情绪的过程，这一过程也需要进行多次尝试。创伤之所以会形成，它的影响会一直绵延在受创者的生活中，不仅是因为该事件的特殊性，还在于该事件的影响力没有完全被受创者接受，或者说这些影响力所造成的伤害没有受创者接受，也就是说受创者的情感或情绪没有被表达出来，他不承认创伤性事件对自己的伤害。只有受创者把情绪宣泄出来，才是真正承认创伤性事件所造成的伤害，才是真正接受了创伤事件的发生，这是进现这一阶段的关键，也是修通之前所必须经过的过程。

3. 修通。修通意味着创伤已经在意识的控制之下，并且主体能够很理智地接受这一事件曾经发生在他身上，能够良好地控制创伤遗留下来的情感，并帮助自己更好地看待自己当下与未来的生活。"修"的意思是将过去的记忆与情感修复，而"通"则意味着将过去与现在之间的通道打通，通过接受和理解过去更好地认识当下。在告知病患他有被压抑的创伤记忆之后，要给予病患足够的时间接受这一事实，并且放下对于回忆的抵抗。分析师可以与病患一起发现他所压抑的记忆与情绪，并且让病患了解到这被压抑的记忆与情绪的存在与它所带来的影响。整个过程需要分析师与病患双方面的耐心等待。只有在病患完全放下抵抗的情况下，他才能真正回想，捡回丢失的记忆碎片，正视事件所带来的创伤，表达自己被压抑的情绪，接受并将对于该事件的情绪引导到正常意识中，从而得到治愈。修通中最重要的一点是明白过去与现在的关系，分清那里与这里的区别。要让受创伤主体意识到创伤发生在过去，这一切已经在那里发生了，无法改变，但是我们生活在此刻，活在这里。在与受创主体进行沟通的过程中，要使受创主体用语言表达出对过去的遗憾、悲伤等各种情感，并使他明白这些情感与过去这个事实一样过去了，应该坦然接受并活在当下。

创伤经历塑造了一个人，使人成长，让人更理解他人，也让人了解人性。通过创伤，人与人之间可以联系起来，文化与文化之间也可以联系起来，"对于当代世界上所发生的不幸的敏感来源于这个深藏的伤口，它让我们能够理解他人，不是基于他们的经历而是通过我们自身的经历"。① 认识到这一点会帮助受创者修通创伤。修通创伤不仅仅是一个个体本身进行的过去与现在的对话，也是一个时代与另一个时代之间的对话，同时在这样的对话中创伤经历加深了个体与个体之间的理解，加深了同时代中不同文化之间的理解。就像玛格丽特·杜拉斯（Marguerite Duras）的《广岛之恋》（Hiroshima mon amour）中，目睹自己的德国情人死去的法国女人与在广岛核弹轰炸中失去所有亲人的日本男人之间，产生了跨越文化背景的交流。这是一种唯有同样经历过创伤的人之间才可以产生的互相理解。从这个角度，我们看出创伤的修通让我们成长，让我们可以更多地理解他人。

4. 移情。在回想、进现与修通这一过程中，如何将受创伤主体最初强迫不断抵抗回想的意愿，转换成重复回想并将情感表达出来，进而达到合理控制情感目标的动力，取决于心理分析师如何处理治疗中的移情。所谓移情，就是受创伤主体将自己在过去某个事件或某段关系中的情感转移到与治疗师的这段关系中来。这是心理分析治疗中必经的阶段。如果能够正确地处理移情，这将有效地帮助病患。在这一过程中，可以将强迫重复的意愿转换为移情中无害而有用的自由互动。通过观察病患在移情中的重复性行为，就能够很容易地找到唤醒记忆的路径。而在回想互动的过程中，经历创伤后隐藏在病患脑海中的创伤点就会暴露出来。将这些创伤点与病患所表现出来的症状连接起来，这样，分析师就能够找到病患所表现出来的症状的根本病因，然

---

① Cathy Caruth. Unclaimed Experience: Trauma, Narrative and history [M]. Baltimore: Johns Hopkins University Press, 1996: 19. "contemporary sensitivity to the misfortunes of the world derives from this hidden wound that allows us to understand others not on the basis of their experience, but through our own."

后根据病因，治疗移情之中的症状。同时，病患原本生活中的症状也就随之消失了。因此，移情在病症与真正生活之间建立了一座桥梁，我们利用移情将原本的病症反映到真实可掌控的一段关系中，从而在治愈移情中表现出来的症状的同时，控制原本的病症。

第二节　战争创伤与历史、文学

在人类历史中，战争自古以来就在不断地上演，它给人类带来了无尽的苦难与创伤，也是历史与文学的重要表现对象之一。

战争给各种极端情况的出现提供了客观条件，例如，犹太人大屠杀就是在第二次世界大战中发生的，可以说，它是 20 世纪最严重的创伤性事件。战争造成的创伤影响会一直绵延下去，一些地区今日的冲突其实就是历史上战争创伤的后遗症。

一、战争与创伤

（一）战争与创伤性事件

战争是一个典型的集体性创伤性事件，它对整个一代人造成了创伤。无论是战胜方、战败方，也无论是军人还是平民，参与到战争中并幸存下来的人都受到了创伤。例如在纳粹集中营里，无论是德国看守还是被囚禁的犹太人，从受创的角度来说，他们都是战争的受害人。

战争具体符合创伤性事件的一系列特点：

首先，人们在战争中经历和面对着实实在在的死亡。在战争中，受创主体自己有可能曾在死亡的边缘徘徊，例如受伤后生存下来的战士，或者差点丧命的士兵。阿历克西·热尼的《法兰西兵法》中的主人公老兵萨拉尼翁就是这样，他在一次袭击中差点丧命：

"走到离萨拉尼翁只有两米远时，他站住了，眼睛死盯，手指头直哆嗦，他举起枪，瞄准了萨拉尼翁两只眼睛之间的一点，萨拉尼翁死死抱住了那只汤碗，实在不知道该往哪里瞧，他的碗、飘在汤里的鸡爪子、眼睛、威胁着他的那只手、黑乎乎的枪管，一阵机关枪的扫射声响起，越南人倒下了。"①

　　虽然侥幸逃过一劫，但萨拉尼翁自此之后一直都有一种为什么是自己活下来的疑问。受创主体目睹跟自己具有同样身份的人的死亡，看到在自己身边死去的战友，看到同在集中营中死去的犹太人。这样的例子比比皆是。例如在菲利普·克洛代尔的小说《布罗岱克的报告》中，布罗岱克就目睹自己的朋友克尔玛被乱棍打死。受创主体亲眼看到了大量的惨烈的死亡。乔纳森·利特尔的小说《复仇女神》（获 2006 年龚古尔文学奖）中就有许多关于此种场景的描写：

　　　　"两个人上前，用铁锹弄干净了坑边，把带了红红血迹和白花花脑浆的土铲到了死人堆上。我过去看了一眼，尸体漂浮在泥水中，有的背朝天，有的肚子朝天，露着鼻子和胡子；鲜血从他们的脑袋里流出，摊开在水面上，像是薄薄的一层油，但是颜色鲜红，他们的白衬衣也被染成了红色，小小的红血丝流在他们的皮肤上，还有胡子上。"②

　　诸如此种血淋淋的场景，对于执行犹太人大屠杀的德国士兵来说是家常便饭，所以说战争给人类带来创伤并不分受害者还是屠夫，不管你是战胜者还是战败者，战争的两端都是战争本身的受害者。
　　其次，在战争中人们体会到恐惧。战争中种种极端的情况都可能发生，死亡的威胁随时都在身边，这给人带来极度的恐惧。这种恐惧有时会抹杀人类正常的情感，出现情感的真空，此时人的唯一的想法就是如何活下去。《布罗岱克的报告》中对于集中营的生活有着详尽的描写，最令人印象深刻的便是对于恐惧的描写：

　　　　"当时占据我们思想的只有一个死字。我们无休无止地生活在即将死亡的意识里，很显然，这样的恐惧使有些人变成了疯子。"③

　　①　阿历克西·热尼. 法兰西兵法 ［M］. 余中先，译. 南京：译林出版社，2015：382.
　　②　乔纳森·利特尔. 复仇女神 ［M］. 余中先，译. 南京：译林出版社，2010：65.
　　③　菲利普·克洛代尔. 布罗岱克的报告 ［M］. 刘方，译. 上海：上海译文出版社，2010：145.

再次，战争中充满了偶然的元素。如果说人生充满了突然性与不确定性的话，那么战争中的极端情况将这一特点更加突出了。在《法兰西兵法》中，少年时期的萨拉尼翁和小伙伴一起去刷反对德国侵略者的标语，同伴被突然来到的德国巡逻士兵杀死了，在一旁阴影处小便的萨拉尼翁被这突如其来的一幕惊得噤若寒蝉。多年之后，这一场景在他的脑海里仍如昨日一般清晰。

最后，亲身经历战争的人在脑海中对战争所储存的印象往往是某种感觉，或是视觉，或是嗅觉，或是触觉。例如，在战场上所闻到的硝烟的味道，所听到的枪炮声，等等。在克劳德·西蒙的《弗兰德公路》中主人公回忆道：

"我们只听见呼吸的声音，肺部拼命装满从乱挤在一起的身体散发出来的恶臭和浓稠的湿气。"①

"散发出的气味不是战场上尸堆和在腐烂中的尸体发出的那种传统的带英雄气息的气味，而只是垃圾的臭气，像用过的旧罐头、菜皮和烧焦的布碎所散发的臭味。"②

整个溃败的画面与臭气结合在一起，成为留在主人公脑海里最深刻的记忆点。而在《法兰西兵法》中，一个"热"字则贯穿了关于印度支那战争的整个一章，这一感觉给在印度支那经历战争的萨拉尼翁留下了不可磨灭的印象：

"世界上再没有什么城市比西贡更遭萨拉尼翁憎恨的了。每一天，炎热和噪声都是那么的可怕。"③

"一股黏糊糊的热气从淤泥中升起，空气变成了橘黄色。"④

"尽管湿热的能量从一切中射出来，从肉体中喷溅出来，森林给人们带来的主要印象却是一种病态的贫瘠。"⑤

① 克劳德·西蒙. 弗兰德公路 [M]. 林秀清，译. 南宁：漓江出版社，1987：12.
② 克劳德·西蒙. 弗兰德公路 [M]. 林秀清，译. 南宁：漓江出版社，1987：158.
③ 阿历克西·热尼. 法兰西兵法 [M]. 余中先，译. 南京：译林出版社，2015：285.
④ 阿历克西·热尼. 法兰西兵法 [M]. 余中先，译. 南京：译林出版社，2015：315.
⑤ 阿历克西·热尼. 法兰西兵法 [M]. 余中先，译. 南京：译林出版社，2015：320.

这种炎热的感觉、西贡还有印度支那战争，这三者在萨拉尼翁的脑海中形成了一个有机的整体。

(二) 战争所造成的创伤

弗洛伊德的创伤理论，很大程度上就是基于他对第一次世界大战之后受创伤个案的分析而总结出来的。战争创伤主要有以下几方面的表现：

首先，战争的创伤很可能存在潜伏期。有很多士兵在战争中、战争结束时，甚或战争结束之后的十几年、几十年间都没有任何表现，然后突然创伤爆发。一些在战争当时所经历的，本以为没有丝毫影响的画面在几十年后突然闪现，给主体带来强烈的影响。事实上，最常见的情况是，受创主体认为自己并没有受到当时所经历的事件的影响，但是在战后的生活中，他们的行为方式甚至脾气性格已经有了潜移默化的变化，这实际上就是受创的表现。在某些情况下，另外的一个强烈打击可能袭来，从而引起战争创伤的爆发。《布罗岱克的报告》中，布罗岱克被村民出卖，被送去集中营当替死鬼，经历了惨无人道的集中营生活。死里逃生再度回到村庄之后，他被指派撰写一个外乡人的死亡事件的报告。这个外乡人同样有着被该村村民出卖与残害的经历。这两个创伤性事件几乎具有一样的性质，布罗岱克在前一个事件中是亲身经历者，在后一个事件中被迫充当旁观者。但几乎相同的身份与遭遇使得他感同身受，给他带来了极大的刺激。于是，后一个事件就激发出了前一事件给他留下的记忆与创伤。

其次，战争创伤表现为焦虑与抑郁。一种情况是，创伤带来的焦虑或抑郁会直接导致身体上的病痛，这使神经官能症通过身体上的症状表现了出来。在《复仇女神》中，主人公德国纳粹军官常常会感觉恶心，想呕吐，这来源于他内心的焦虑，例如，在一次和同事谈论屠杀犹太人的话题后，他就呕吐了。

"咳嗽还在继续，一阵一阵的，我好像有什么沉甸甸的东西卡在了横膈膜上，有什么东西不愿出来……我感到一种可怕的恶心：我稍稍吐了一些。"①

---

① 乔纳森·利特尔. 复仇女神 [M]. 余中先，译. 南京：译林出版社，2010：109.

表面上看来，他好像有消化系统的慢性疾病，但是仔细分析一下就会发现，这一状况与屠杀犹太人给他所造成的创伤脱不了干系。战争创伤表现为焦虑与抑郁的另外一种情况是，焦虑与抑郁和身体上的病痛一起形成一个恶性循环。原本身体上伤口的疼痛会令人回想起伤口形成时所经历的创伤，而这个创伤则会引起受创主体的焦虑与悲伤抑郁，然后这种焦虑与抑郁又通过伤口的疼痛表现出来，从而形成一个恶性循环。《法兰西兵法》中萨拉尼翁就有着这样一种腰痛：

> "'我的老腰'，他喃喃道。'有时候，我的腰很疼。平日里我什么都感觉不到，然后突然一下就发作了'。我真想问问他这个，真正让他痛苦的是什么。兴许，假如我问这个男人是什么折磨他，我就可能治愈他的伤了。"①

这个长久以来一直存在的疼痛，它的突然发作很有可能就是创伤的再度复发，是一个焦虑与抑郁作用的结果。严重的抑郁还会导致被迫害妄想。《法兰西兵法》中，战争结束多年之后，老兵马里亚尼对当今法国社会中的移民心怀耿介，他一心认定，那些移民是要攻占他所在的城市：

> "你看不到他们的武装，但他们全都是那样。假如有人搜查他们，假如我们软弱的共和国的法令允许搜查他们，就会在每个人身上找到一把刀，一把尖刀，某些人身上还有枪。"②

再次，战争创伤带来对于现在与过去的混淆。一种情况是，受创主体一直处于重历创伤之中，不肯从过去中真正走出来活在当下。《法兰西兵法》中萨拉尼翁的舅舅就始终无法从战争中回到战争之外的生活，他一直沉浸在战争之中，甚至在和平年代也一直憧憬战争，最后以叛国的罪名被处死。另一种情况是，受创主体对于现在所经历的类似刺激表现出极大的反应，实际上这当下的感受是来源于原本的创伤性事件。《布罗岱克的报告》中讲述的情况就是这样，布罗岱克之所以在陌生人之死的调查过程中有强烈的情感投入，

---

① 阿历克西·热尼. 法兰西兵法 [M]. 余中先，译. 南京：译林出版社，2015：515.
② 阿历克西·热尼. 法兰西兵法 [M]. 余中先，译. 南京：译林出版社，2015：206.

实际上是因为他自己所经历的类似的出卖事件以及这之后的悲惨遭遇给他带来的创伤。

最后，严重的创伤会表现为性格以及行为的错乱。经历过战争打击之后的士兵，很容易在战后变得脾气暴躁、易怒，充满暴力倾向，有些情况甚至会造成严重的后果。皮埃尔·贝茹的小说《妖魔的狂笑》中描述了这样的场景：在二战期间德国军官莫里茨被迫执行杀死犹太人孩童的命令，在行刑之前有两个犹太小孩过来向他求助，"小男孩拉住莫里茨的左手，小女孩拉住他的右手，抓得紧紧的，就像是跟着自己的亲爹"①，而他就这样牵着两个小孩走向了他们的刑场。战争结束之后，在一次去往黑湖游泳的途中，他将自己的一双儿女掐死在了自己的怀抱中，"瓦尔特就坐在那棵树下，眼睛睁得很大，目光无神，咧着大嘴似笑非笑。……孩子们紧紧贴在爸爸身上，像是睡着了"②。这是创伤性事件最直接的复制，莫里茨一直处在杀害犹太孩童这一事件的创伤之中，他始终无法跨越这一创伤，而这给他的战后人生造成了残酷的结局。美国电影《出租车司机》（1976年，马丁·斯科塞斯导演作品）中也讲述了一个退役士兵特拉维斯的生活，士兵受到的战争创伤一开始处于潜伏期，但是在受到外界一系列刺激之后，他的创伤终于爆发，电影最后以一场血腥屠杀结束。

在越南战争结束十年之后，美国的研究人员对退役士兵进行了一系列研究，将战后士兵所表现出来的种种受创症状总结为创伤后遗症。在这里他们用压力（Stress）这一概念替换了神经症（névrose），但其表现与创伤神经症有许多相似之处，例如噩梦，性格、行为的转变等。而在心理学、神经学、历史还有文学各方面，对于战争创伤的研究也一直没有停止过，这些都足见战争这一集体性创伤事件给人类造成伤害的严重程度。

二、战争创伤事件的重现

在历史与文学中，常常会出现对已经发生过的战争创伤事件的重建。康奈尔大学教授多米尼克·拉卡普拉（Dominique Lacapra）是一位专门研究欧洲文化历史的历史学家。他研究大屠杀事件的各种不同表现形式，其中包括历史、文学以及电影。拉卡普拉的创伤研究主要集中在回想创伤性事件，历

---

① 皮埃尔·贝茹. 妖魔的狂笑［M］. 郭安定，译. 北京：人民文学出版社，2007：107.
② 皮埃尔·贝茹. 妖魔的狂笑［M］. 郭安定，译. 北京：人民文学出版社，2007：70.

史怎样解读创伤以及如何跨越创伤。那怎样才是对过去进行重建的正确方式，怎样来解读历史对于创伤性事件的重建呢？

历史就是对过去历史事实的重建。而事实上，不可能存在严格意义上纯粹的历史事实。因为我们所看到的历史事实一定是通过记录者之口所讲述出来的。一旦要通过某人对事实进行筛选和罗列，那么这个结果就会是一个主观的结果。这主要涉及历史学家本人对历史事件的重建与解读。也就是说，历史学家本身这个主体是非常重要的。要理解某一历史著作，读者不仅要了解历史事实本身，更要了解历史学家本身所处的时代与其他背景。读者只有从历史学家个人以及时代背景出发，才能辩证地认识该历史学家对于一系列历史事实的观点，形成自己对于该事件的看法。

因此，历史学家本身对于历史事实的态度对于历史的重建来说非常重要。拉卡普拉认为，在重新书写过去的过程中，从历史学家的观察角度来说，有可能会出现两种极端的情况。第一种情况是他把自己当作了该事件的一个参与者，在讲述中带入了过多的情感；另外一种情况是对历史做完全不带感情色彩的罗列。以大屠杀这一事件为例，历史学家应该把自己当成是该事件的目击者，因为这是一个最接近理想客观中立角度的位置，同时又带有一定的情绪释放。事实上，这种平衡很难保持，所以对于过去创伤性事件的重建，历史学家能做的就是收集资料，并确保资料的真实性，核查事件，努力接近历史事件及旁观者的内心，尽量达到一个对于过去的有效重建。

此外，在进行讲述过去的同时，历史学家必须知道，只有带着今天的眼光审视过去，才能更好地理解过去。历史是对过去的重建，但是它不属于过去，它属于现在。它是用过去这一把钥匙打开了理解当下的这一大门。而这也是跨越创伤的关键，修通不是要遗忘或摆脱过去，而是在接受理解过去的基础上，体验认识当下。就创伤事件本身来说，创伤所带来的影响一直都在，并且很有可能会影响到历史学家的工作。事实上，历史学家完全可以善用这一影响，用后创伤时代的观点来解读过去的创伤事件，然后反过来更好地认识创伤对当下的影响。所以说，历史的关键在于现在，修通创伤的重点也在于现在，它们二者都是试图通过现在与过去的对话，联通过去与现在。历史既不可能是完全客观的，也不可能是完全主观的，它就是一个不断互动的当下与过去的对话，一个当下社会与过去社会的对话。正如布克哈特所说：

"每个时代都拥有遗产，并通过认识这一遗产而获得新的东西；这些新的东西对后来的时代来说转而又成为历史，即新的遗产。"①

即我们只有带着现在的眼光，才能更透彻地理解过去，我们也只有借助对过去历史的了解，才能更好地理解现在，这就是历史的双重功能。也正是这一特点，使得历史的写作与创伤性事件的重现与跨越连接起来。

记忆是历史对过去进行重建的重要原材料之一，历史与记忆之间存在着一种永恒而辩证的交换。记忆是历史生成的催化剂，也是它的研究对象，而历史也是集体记忆的重要组成部分。拉卡普拉说道：确实，一旦历史失去了与记忆的联系，它就有可能只谈论已经不再具有情感及其他价值与投资意义的话题。在这里有人可能会强调历史至少有两个功能：调节真相的要求和传播批判性检验的记忆②。

拉卡普拉认为尽管有及时性这一好处，第一手记忆却不大可信：它遭到否认、抑制，有可能丧失了客观性。而经过批判性检验的二手记忆既传达了第一手记忆的内容，又同时具有对创伤的治疗作用。这二手记忆便是历史与文学的表达方式。如何对第一手记忆进行处理，这是创伤性事件重建中的一个重要的问题。首先，历史一定是建立在记忆之上的，记忆是重建过去的重要材料，这一点不可否认。然后，第一手的记忆由于遭受到否认，或伴随强烈的情感而有可能存在创造或夸大的情况，这是必须要考虑到的。例如在采访某位经历灾难事件的老人时，老人满含热泪地讲述在灾难发生时倒下了五个大烟囱。但事实是灾难中只有三个烟囱。因此，对于第一手记忆，历史学家一定要考虑到它的主观性和很可能存在的不真实性，最后结合其他史实一起使用。

弗洛伊德认为，创伤事件是不能根据之前经验而被归纳到认知系统中的事件。那么关于创伤事件的历史的书写，也是一件前所未有的事情。因此，这段历史并不一定能够达到辩证地看待创伤性事件的标准。也就是说，在历

---

① 布克哈特. 世界历史沉思录 [M]. 金寿福，译. 北京：北京大学出版社，2007：7.

② Dominick LaCapra. History and Memory after Auschwitz [M] Ithaca：Cornell University Press, 1998：20. "Indeed, once history loses contact with memory, it tends to address dead issues that no longer elicit evaluative and emotional interest or investment. Here one might argue that history has at least two functions：the adjustment of truth claims and the transmission of critically tested memory."

史长河之中，这将是一段不连贯的历史，将会永远与当时所发生的和当时所被理解的事件不同。但历史学家通过他们的工作，尽量客观地保存了过去，而在这样做的同时，他们保存了经历这些历史创伤的人们的记忆，而且对下几代的人产生影响。

创伤文学专家卡西·卡鲁斯认为文学对于创伤来说有着一种和历史相似的作用，文学也对记忆进行处理，并且对那些只能够通过文学来表述的创伤经历打开了一扇窗。文学为了解历史创伤事件，跨越创伤，以及思考人性提供了另一个途径。

用文学来解读创伤，看起来貌似不可理解，但是文学也是一种充满象征的表述方式。而创伤症状可以说是由种种情绪与感觉等组合而成，而这些情绪与感觉实际上就是创伤的象征。这一共同点就将这两者很好地结合起来了。在文学中，需要解读所有的象征才能找到文字背后的意义。而在心理分析中，也需要通过对创伤症状的分析才能找到被压抑的原本创伤事件。这两个过程都是用分析象征这样的方式，从一个伤疤看到了它原本的创口。

首先，因为"创伤性记忆有一些独特的特点，他们不像普通的记忆一样以线性的文字叙述来编码……而是由逼真的感觉和形象来编码"①，所以，文学的叙述也可以突破历史的讲述方式，通过更为形象、夸张的形式来表达创伤性的记忆。创伤事件的一大特点就是会给受创者留下一种感觉，而这种感觉的记忆往往是前所未有而难以名状的。这种记忆很难通过历史这种非常正式的方式被表达出来。但是文学为这样的感觉与感情打开了一扇门。通过意象之间的组合，文学能够在更广的维度表达创伤。

其次，在度过对创伤事件记忆的否认阶段之后，创伤对受创者生活的影响，就常常表现为重复的闪回记忆或某种强迫性的行为，这些就是过去的创伤表现在现实生活中的象征，而通过分析这种种象征，才能回溯到创伤事件本身。文学也有这样的特点，它是象征的组合，通过分析种种象征，才能看到文字背后的深意。

正如卡鲁斯所说：

"如果说弗洛伊德求助于文学来表达创伤性经历的话，那是因为文

---

① Herman J. Trauma and Recovery [M]. New York：Basic，1992：37.

学，就像心理分析本身一样，研究的是已知与未知之间的复杂关系。"①

文学分析通过研究种种已表现出来的意象与象征，来解读未知的文字背后的意义，而心理学分析通过研究种种创伤表现出来的症状，来解读未知的原本的创伤。因此，文学文本也是表现创伤症状的良好形式，因为二者都是一系列表象的集合，而且都蕴含深意。文学文本就如水面，从水面之上只能看到水中物体的虚影，只有深入水下才能真正看到水下的物体本身。创伤性经历也是这样，我们只能看到创伤的症状，只有通过一系列的分析与解构才能找到创伤的原本模样。

同样，电影、电视、摄影、绘画等艺术方式也是呈现创伤的良好途径，这方面的著名作品也很多，例如阿特·斯皮格曼（Art Spiegelman）所创作的纪实漫画《鼠族》（Maus），克劳德·朗兹曼（Claude Lanzmann）所导演的纪录片《浩劫》（Shoah），约翰·莫里斯（John G. Morris）的关于二战的摄影作品等就是其中的经典代表。视觉艺术表现形式的特点能够让创伤事件所留下来的感觉更具象地被表达出来。

三、战争创伤的跨越

在重建创伤性历史事件的同时，历史与文学有助于对创伤的修通。因为重新表达过去的过程也是一个将创伤重新用语言表述出来的过程。采访、证言甚至历史的书写本身，都是一个让受创伤主体与过去进行互动的过程，而这一过程正是修通创伤的必经步骤。拉卡普拉在研究历史对于创伤的修通作用时，借鉴了很多心理学上的概念，例如用移情、反抗、否认、压抑、迸现、修通来解读历史对于创伤性事件的表达。

这些概念来源于弗洛伊德的创伤心理学。弗洛伊德是在对个人病情案例的分析的基础上总结出这一学说的。那么，这一系列概念是否能够由个人推广到整个社会或一类人、一代人呢？

首先，创伤性历史事件是关于个人的事件，也是关于社会的事件。它会对受创伤主体个人造成不可磨灭的创伤，同时也会对整个社会的历史进程产生巨

① Cathy Caruth. Unclaimed Experience: Trauma, Narrative and History [M]. Baltimore: Johns Hopkins University Press, 1996: 3. "If Freud turns to literature to describe traumatic experience, it is because literature, like psychoanalysis, is interested in the complex relation between knowing and not knowing."

大的影响。因此，如果不能理解个人的立场，就无法理解受创者的观点和感受。但是一个人又是处在一定的社会和历史背景之下的，所以他本身也受到了社会的影响。一个历史事件既是社会中个人之间关系的事实，又是社会的产物。所以并不存在绝对的个人与社会的对立。例如历史上的伟人，首先他是一个杰出的个体，然后他也是一个历史时代、一个社会的产物，反过来，可以说他也改变了一个时代和一个社会。正所谓时势造英雄，英雄造时势。

以上是从历史的角度来谈个体与社会的关系。但这仅仅只是问题的一个方面。

另外，例如回想、迸发或修通等这一系列心理学概念中并没有本质上的个人的特点，这些概念可以被推而广之。而且这些概念中还常常涉及受创者之间的相互影响和沟通，而受创者通常是以群体的形式出现的，在治疗中也常常有集体治疗的方式，所以这些概念是可以一般性地运用在一类人或一代人身上的。

拉卡普拉认为，历史对于创伤性事件的表达与心理治疗中的移情有异曲同工之妙。所谓移情，也就是一种重复，将之前事件中的关系转移到现在的关系中，然后对现在关系中所表现出的创伤症状进行治疗，这样也会相应地治疗原始事件中的创伤。受创者过去经历的问题会反映到现在与治疗师的互动中，或者说我们可以给当下互动中的问题找到在过去经历中的对应，通过修止现在这一互动中的问题，达到治愈原本创伤的目的，这也就是心理治疗的关键。移情这一过程，架起了原始创伤事件与现实生活中间的桥梁。而对于创伤性历史事件来说，历史正是一种当下和过去的互动。这样的共同点使得历史在修通创伤的过程中具有了移情的作用。历史对创伤性事件进行了重建，制造了过去的一个版本，形成了过去与现在之间的一座桥，而通过这座桥，受创者得以跨越创伤，过去与当下之间的道路得以修通。

历史这一对于创伤事件的重建，最终的作用是修通，但也不能否认其中对于情感迸现的作用，修通是需要在一定程度上进行情感迸现甚至沉浸在创伤性事件的回忆中的。而情感迸现回忆与修通回忆的不同之处在于，情感迸现的重点在于重复，甚至是强迫性的重复，然后在重复中使得情感得以释放。那些重复出现的回想、噩梦，或是重新经历过去的感觉，他们都不再仅仅具有本身的意义，他们还会在不同的场景下演变出不同的外延。在情感迸现中，受创伤主体重新经历创伤事件，就好像重临事件现场一样，这其中也包括主体作为别人的角色重新出现在过去的经历中。在这一过程中受创主体与过去之间产生了一种联系，这并不是过去的一种表现，或是一种投射，而是直接与过去本身产生了关联。在情感进现中有情绪的释放，而在修通过程中主体则尝试在回忆中，保持与事件的一定距离，控制自己的情绪，这样的距离使得主体能够参与到现实生活中来。修通并不意味着主体要将过去淡忘，而是在接受过去的同时，认识到这一切已经过去，自己活在当下。在修通中最重要的是主体能够控制自己的情绪。两种回忆并不是严格分离的，只是有所区别，在与过去互动中处于不同的层次和阶段。

对拉卡普拉来说，修通并不意味着所谓的治愈，而仅意味着受创伤者可以能够分清楚过去、现在与将来，并与创伤事件保持一定的距离，他能够接受这件事真的发生在他自己身上，这件事很可怕，也许真的没有办法脱离这件事的影响，但是他存在于当下，而这个当下是不同于过去的。

拉卡普拉认为通过重新讲述创伤性事件，尤其是用自己的方式讲述，能够帮助受创者走出创伤。在创伤形成之初，它就处在正常情感或表达之外。因为它远远超出了我们的经历，令受创伤主体不知道该如何应对。一旦该主体能够将对于创伤的情绪用语言表达出来，这就已经是走在了接受创伤并将其引入意识中的路径上。受创伤主体只能被自己的故事治愈，能够用语言表达创伤意味着受创伤主体可以控制脑海中的影像、想法以及对于创伤的情绪。语言能够帮助我们进行修通。这也就是历史和文学这种通过语言对于过去进行重建的方式能够在修通创伤的过程中起到很大作用的原因。

修通的过程，也包含着一定程度的情感的释放。在创伤事件发生之后，受创主体也会毫无感情地重复他的经历，但这种讲述并不会起到修通的作用。因此，拉卡普拉认为，历史学家在进行讲述的同时，是需要一定程度的情感释放的，否则就无法使历史达到修通的作用。但是这种情感的释放又不能够超出一定的范围，否则就变成了与事件参与者的身份认同。

文学对于创伤性事件的讲述不同于历史，它是建立在一定程度的真实之上的，但是又不止于真实，它加入了创造力，使得该事件成为一个新的故事。这并不是对于真实创伤事件的背叛，这个基于真实的新故事更有助于受创者跨越创伤。对于创伤性事件来讲，文学并不是要像历史一样要对过去进行客观的重建，而是基于真实之上用具有创造性的方式来讲述历史中的故事。这种讲述方式能够更好地释放受创者的情绪，从而达到跨越创伤的目的。因为创伤留给受创者的往往是一种感觉，这在很大程度上是不可言传的，不能够被真实地描述，也不能被反映到历史写作中。而通过文学，通过创造性的讲述，受创者的这种情绪与感觉可以得到更好的释放。文学文本中，关于现在与过去的对话更为大胆，它可以表达出历史不可能表现的可能性和维度。

以电影剧本《广岛之恋》为例，这是一部表现战争创伤的典型作品，由玛格丽特·杜拉斯创作于 1960 年。该作品讲述了二战之后一个法国女演员与日本男人在广岛邂逅并产生情愫的故事，实际上以多维度、多角度的方式探讨了战争创伤。剧本中有这样一个情节，法国女人对她的日本情人讲述她初恋的故事。在德国占领法国期间，她与一个德国士兵相爱了。但在他们决定私奔的那一天，德国士兵死去了，而这一天却也是战争结束的时候。在讲述完这一爱情悲剧之后，她在心里对她已死去的德国爱人说道：

> "你当时并没有完全死去。我向别人讲述了我们的故事。我今天晚上同这个陌生人一起欺骗了你。我讲述了我们的故事。瞧，这件事是可以对别人叙述的。"①

在这部作品中，这一回顾，这一与过去的对话的过程，被限定在一个特殊的情况中。法国女人此时感到的背叛并不仅仅是对于她的德国爱人身体上的背叛和爱情的背叛，而是对于过去的背叛。因为她讲述了她的故事，她得到了理解，得到了长时间以来从未有过的被接受的感觉。这种得到理解的感觉，令她感到背叛了过去创伤给她带来的痛苦。受创者往往因为觉得忘却、被理解就相当于背叛，所以沉浸在过去，不肯活在当下、走向未来。这种现实与过去、向前走与向后退的矛盾在《广岛之恋》中被以多重的方式表达出来：第一重，德国士兵在他们要逃离的当天，也就是法国解放的日子被射杀，这一天原本应是他们美好爱情的开始，但现在变成了这一爱情的终结，这一天又是法国人民期盼已久的解放日。第二重，是当日本男人问法国女人，广岛对于法国来说意味着什么，她回答说，广岛意味着战争的完结。但实际上，这一事件对于广岛的人民来说恰恰意味着灾难的开始。第三重，对于法国女人来说，同样的钟声、同样的颜色、同样的光，她在他死之前听到过、看到

---

① 玛格丽特·杜拉斯. 广岛之恋 [M]. 谭立德，译. 上海：上海译文出版社，2015：151.

过、感受到过。她的爱人死去了，但是她还继续活着，她继续感知着这一切。当她不再疯狂地追忆之后，被从酒窖里释放出来，她获得自由是因为她对爱人的遗忘。过去是痛苦的、是永恒的，它带来的创伤是深刻的。但是在事件发生之后，时间的齿轮依旧在转动，忘却并不是背叛，获得理解也并不是对过去的离弃；要能够接受创伤事件已经发生，它所造成的伤害已经形成。受创者的情感受到了极大的伤害，是需要将这种情感抒发出来的，但不能够一直沉浸在其中，要试着控制这种情感，然后用在创伤中所获得的成长中，更好地体会当下的生活，迎接未来的到来。因此，一定程度上对过去的所谓背叛，实际上是跨越创伤的必经之路。

《广岛之恋》中还表达了创伤事件发生之时的见证或缺席，都无法改变这一事件对受创者带来伤害这一事实。法国女人见证了她的爱人的死去，对于这一创伤事件，她是实实在在的目击者。而日本男人在广岛遭到原子弹轰炸之时，正在外作战，所以对于这一创伤事件来说他是缺席的，但是他的所有家人都在广岛。这一见证与缺席的对比，在他们的对话中不停地重复出现，有好多次，他说：

"你在广岛什么也不曾看见。"①

她则说：

"我都看见了。毫无遗漏。"②

类似的看到了和没看到，什么都没有和所有事的对话多次出现。事实上，这是他们对自己创伤经历的重复，是一种情绪的进现。法国女人在宣泄她亲眼目睹她的德国情人死去、被惨烈的死亡充满头脑的强烈情感，所以她一直在强调看到了所有。而日本男人在宣泄他没有见到亲人最后一面，回到家中只有一片狼藉，亲人全部死去之后巨大的虚空的情感，所以他一直在强调什么都没有看到。

只有在文学、电影等艺术作品中才有可能出现这样的一种相遇，一种对

① 玛格丽特·杜拉斯. 广岛之恋［M］.谭立德，译.上海：上海译文出版社，2015：18.
② 玛格丽特·杜拉斯. 广岛之恋［M］.谭立德，译.上海：上海译文出版社，2015：17.

比，这样的一种与过去的对话。两个在不同文化背景下受到不同战争创伤的人，在战后重建的广岛相遇，他们的创伤使他们能够互相理解，使他们之间产生了一种不同寻常的连接。他们与他们自己的过去进行对话，与对方的过去进行对话。就像两个完全没有联系的星球，在茫茫宇宙中孤独自转时，听到了另一星球发出的声响，然后发出回应。这种几乎不可能发生的联系与碰撞，在艺术作品中发生了。

文学可以跨越受害者与施害者之间的界限，直接与间接目击者之间的区别，真实与伪造之间的不同，表达出历史所不能够表达的过去，这使得现在与过去的对话互动更为直接具体，因而具有多种可能性、层次和维度。

至于真实与虚构的关系，文学是来源于生活而高于生活的，所谓的虚构基本都可以在真实的世界中找到原型。文学只是提供了一个平台，让这许多种的可能性相遇到一起。而这种包含更多可能性的过去的重建，实际上只是把不同角度的史实以一种独特的方式组合在了一起。这是一种更加立体而丰富的对于过去的重建。与这样的一种过去进行对话，往往会达到比与历史所呈现的过去对话更为多样的效果，可以激发出更为丰富的情感碰撞。这种表现方式会对创伤的修通起到更好的作用，因为修通过去与现在之间桥梁的重点就在于情感。知晓并抒发对过去创伤事件的情感，合理控制情感在当下的表达，并获得情感上的成长，这便是修通创伤的情感之路。

在文学作品中，作者将创伤经历重新讲述出来，并使之继续传播，用文学特有的方式将创伤背后的深意揭示出来，在表达出创伤使人受到深度伤害的同时，帮助受创者认识到创伤的本质，跨越创伤，得到成长，进而传达创伤事件对于未来的正面影响。正如卡鲁斯所说，创伤有可能是远远超过一种病症，一种精神上的创口的：

> "它是一个伤口的故事在嚎叫，在质问我们，试图想要告诉我们一个用其他方式不能够表达的事实或者真相。"①

一旦我们可以这样理解创伤，那么我们就达到了修通。过去的创伤之所

---

① Cathy Caruth. Unclaimed Experience：Trauma, Narrative and History［M］. Baltimore：Johns Hopkins University Press, 1996：4. "It is always the story of a wound that cries out, that addresses us in the attempt to tell us of a reality or truth that is not otherwise available."

以一直在当下纠缠，让我们痛苦，是因为它在大声疾呼，想要通过这样的方式来告诉我们人生的真相，让我们更好地活下去，跨越过去，活在当下，走向未来。

亲身经历过集中营生活的精神病学家维克多·弗兰克（Viktor Frankl）认为我们需要为生活找到意义。一切的经历都是有意义的，都可以给人生带来积极的推动。这一寻找生活积极意义的理论也推动了跨越创伤的过程。维克多在二战爆发之前在维也纳大学学习医学，专业是神经学和精神病学，并专攻与抑郁和自杀相关的主题。之后他成为罗思柴尔德医院精神科主任。而在二战爆发后，维克多·弗兰克辗转多个集中营，饱受艰辛。在集中营生活初期，维克多被指派建立医疗救助站，帮助集中营的新人适应突发打击、走出悲痛。维克多的妻子、父母、兄弟都死在了集中营，只有他移民到澳大利亚的妹妹逃过一劫。战争结束后，回到维也纳的维克多·弗兰克发展出了一套努力寻找生命意义的理论，并认为这一意义使得人们可以走出创伤性经历，而所有的经历对于人生来说都是有积极意义的。

维克多·弗兰克认为这一意义可以通过三种途径获得，包括有目标、有意义的工作，与人相爱，还有面对困难时展现的勇气。另外幽默也是对抗一切的有效武器。当一个人被困于一个无法改变的恶劣环境时，他唯一不能够被剥夺的就是他自己对于这一切的态度。无论处于多么艰难的境地，我们都可以以一种乐观的态度对待一切。正如意大利电影《美丽人生》（1997年，罗伯托·贝尼尼导演）中所展示的那样，一直乐观向上的父亲，在集中营中给儿子营造了一个玩游戏的氛围，让他把每天的艰苦生活当作是积分游戏的一部分；甚至在即将被纳粹射杀之前，他依然以幽默的方式与儿子做了最后的告别，让他继续进行游戏。我们可以相信，母子二人也会用父亲乐观的方式走出战争的阴霾。

我们可以把经历苦难看作是寻找生命意义的过程，是一个给生命增加维度的过程。要将苦难的积极意义延伸到未来，看向未来，把一切的经历当作素材，把生命当作一个寻找意义的过程。从内心接受这一经历，承认它带来的痛苦，并发掘出它的积极意义，这一经历就将会给以后的生活带来积极的影响，这也是修通创伤的意义所在。跨越或者说修通创伤并不是要将创伤性事件遗忘，而是以平和的方式接受这一事件以及随之而来的情感上的冲击，并从中得出对于当下和未来有益的助力。

第二章 后记忆

在一定程度上，文学是能够修通战争的创伤的。一直以来，文学史上有很多直接或间接描写战争的作品。近年来，世界文坛上又涌现出了一批由第二次世界大战（以下简称"二战"，本章下同）后出生的作家所创作的描写战争创伤的作品。这一代人并没有亲身经历过战争创伤性事件，所以他们被称为"战后一代"（postgeneration），他们从父辈那里继承了关于战争的记忆，这种获得性的对于战争创伤性事件充满感情的类记忆被称为后记忆（postmemory），而他们因此所创作的有关作品则被称为后记忆文学（postmemory literature）。

第一节　战后一代与后记忆

哥伦比亚大学英语与比较文学教授玛丽安娜·赫希（Marianne Hirsh）是后记忆研究领域的权威。她的研究主要以大屠杀幸存者的后代为对象，专注于研究记忆如何在代际间进行传递，以及后记忆艺术作品中如何体现不同代际人群与原始创伤性事件之间的关系。

一、战后一代

所谓战后一代，是在经历过战争创伤之后的家庭和社会中成长起来的一代人。如果说经历过战争的那一代人被称作第一代的话，那么战后一代可以包括他们的第二代甚至第三代。经历战争的一代是现存的与战争的鲜活联系，然而也是正在走向消逝的一代人。正因如此，战后的一代便成为这份记忆最直接的传承者。这是一份个人、家庭甚至整整一代人对于创伤事件的记忆。战后一代在战争创伤的阴影中成长，获得了一份对于创伤性事件的独特情感，但如何带着父辈的故事与伤痛前行，如何走出过去的阴影、摆脱战争创伤的后遗症，都是战后一代所面临的问题。这一点将在后文中展开详述。

所谓一代人，指的是在相同的特定时代背景下成长起来的一个群体。这一代人的身份特征，是通过这个群组成员所经历的人生中的起伏与时代的变迁，以及因此而拥有相同的习惯与相似的记忆而定义的。战后的一代，他们成长在遭受战争创伤的家庭中，身处刚刚恢复和平的社会里，战争的阴霾似乎还未散去，周围的人对于战争往往三缄其口，整个周遭处在一片虚伪的和平之中。这就像《妖魔的狂笑》中所描述的：

> "那时的德国，灾难留下的痕迹可怕地压在人们的心头，可是谁也不说出来，硬是装出一副若无其事的样子；然而，在到处可见的暴力痕迹与废墟周围，战祸的阴影无时不在表面的安详之上游荡。"①

在这样的环境中生长起来的一代人往往敏感，对于他们所未经历的给他

---

① 皮埃尔·贝茹. 妖魔的狂笑 [M]. 郭安定，译. 北京：人民文学出版社，2007：10.

们的父辈造成巨大创伤的战争有着一种好奇、害怕与怨恨混杂在一起的复杂情感，他们想要寻找战争的真相。

事实上，一代人的身份特征，不仅因为这一代人经历了同样的时代和事件而具备的同样的特点，它还常常表现为这个代际之外的人或是媒体为了更简单地区分不同代际，而给予这个代际的种种标签。例如，垮掉的一代、过剩的一代、海湾战争一代、柏林一代，等等，实际上都是媒体或社会学家给予出生在这一时代人的标签。但是这样的标签通常并不仅是由年代单位来确定，更重要的是思想上的标准，例如垮掉的一代的内核与自由主义的联系，等等。所以，在阅读标签时，还要对标签的内涵进行研读。战后一代不仅仅是出生在战后、成长在受创伤的家庭与社会中的一代，更重要的是这一代人具有对于父辈创伤性过去的强烈情感以及因此而获得的敏感、迷茫、易受刺激的性格特点。青少年时代所经历的一个时代的大起大落、一个时期的开端或者出现在各种年龄阶段的创伤经历，很容易对这一代人的思想产生影响。因此，在童年时期受到父母和家庭影响的战后一代，常常因为成长环境中不可避免的创伤性因素而继续受到战争这一原始创伤性事件的影响，而父辈的创伤性过去也就成为造就战后一代性格特征的重要因素。

一代人的特征是由成员之间的共性而定义的，而一个代际中的每个成员也正因为这一共性，在自己所处的群体中找到了身份认同。一代人带着这个群体的共性，带着这一代人的包袱被裹挟到时间的洪流之中，去面对随之而来的一系列改变。而每一代人面对同样的变化所产生的反应，也是根据他们所处的不同代际而不同的。例如，经历战争的一代与战后一代面对当下世界上的冲突、社会中的矛盾，就会有自己不同的理解；同理，他们对于过去的看法也不尽相同。

因为一个代际是一个具有相似经验、带有相似记忆的一个群体，所以也可以说，这是一段时间内的一个记忆集合，而这个记忆集合也可以被看作是一段过去的重现。每一段过去的重现都是站在这一个代际的角度去审视过去。而因为他们的不同经历与记忆，每个代际处理过去的方式和方法也不尽相同，这也反过来定义了不同代际的特点。这些对于过去的审视，不会被直接传递给下一代，但是这种角度与态度在经过一系列的筛选与表达之后，确实会潜移默化地体现在代际传承中。当然，在对下一代的讲述中，上一代也可以有意地传达这样或那样的讯息。这种情况常常出现在战后的家庭之中，尤其是在下一代的童年时期。如果受创父母不停地讲述创伤性事件中他们的经历，就会对下一代产生巨大的影响。因为童年是定义一代人特点的最重要时期，而这时战后一代并不具备辨别并拒绝父母灌输的能力。代际之间的排斥，也就是对父辈的逆反，只有在这一代人意识到他们自己在历史上的定位时才会出现。因此尽管战后一代没有经历过战争，却没有选择地继续受到了战争创伤的伤害。童年时期的经历也就成为这一批人特殊而相似的经历和记忆，而这一经历也使得他们具有了同样的特性，进而归属于同一个群体——战后一代。

二、后记忆的概念

战后一代并没有真正经历过战争，所以他们也没有办法创造出关于战争的记忆，即便是最亲近的父辈有着鲜活的战争经历，战后一代也无法将他们的记忆据为己有。所以后记忆不是真正的记忆，它是一种类似记忆的存在，它与记忆的相同点在于对过去所包含的强烈情感。

波兰出生的美国作家，文学教授艾娃·霍夫曼（Eva Hoffman）写道：

"关于战争经历的记忆——不是记忆而是散发物——一直以瞬间图像的形式，以突兀却断裂的形式反复喷发出来。"①

这些由父辈讲述的谜一般的真实故事所带来的信息，使得战后一代获得了一种类记忆，这是一种由脑海中反复出现的有关图像来传达的强烈情感。

后记忆不是战后一代自身创造的对于战争的真正记忆，而是从上一代那里获得的类记忆，所以这里就涉及记忆的传播或者说传承。所谓记忆的传承通常是在家庭这个单位之中发生的。战后一代在受到战争创伤的家庭里成长，在经历战争的父辈的言传身教中，他们获得了一种对于父辈所经历的创伤性事件的饱含情感的类似记忆。这种获得性的记忆不同于目击者自己的记忆，很大程度上是由家族记忆的传承，由个人的想象、投射、创作，佐以大众媒体、历史文学等集体记忆共同影响而组成。

---

① Eva Hoffman. After Such Knowledge: Memory, History, and the Legacy of the Holocaust ［M］. New York Public Affairs, 2004: 9. "The memories—not memories but emanations—of wartime experiences kept erupting in flashes of imagery; in abrupt but broken refrains."

玛丽安娜·赫希认为，代际之间传播的关键，就是记忆这一元素。记忆在家庭中的传播与认同，是后记忆的重要组成部分。经历战争这一创伤性事件的父辈对于战争有实实在在的记忆，他们在战争中目睹了死亡以及各种极端残忍的情景，受到了实实在在的创伤。创伤性事件是无法与任何已经经历的事件做对比的，而对创伤性事件的记忆也一样不同于一般性的记忆，它带着创伤的烙印，无法被轻易抹去。在经过对创伤性事件的否认后，这段记忆会以闪回、噩梦、重温等方式重复回到主体现在的生活之中，甚至使主体出现焦虑、抑郁甚至性格错乱等症状，这些创伤的症状在与下一代的交流中会产生显著的影响，使得下一代生活在创伤的阴影之中。

　　一种情况是，父辈在跨越创伤的过程中，在情感迸现的阶段，带有充沛感情地不断讲述自己的经历。当下一代孩童不断听到这样的故事的时候，这将在他们的脑海中形成一份独特的充满家族情感的记忆。

　　另外一种情况是，父辈将创伤经历完全隐藏起来，避而不谈，但是他们本身是受到战争创伤的，这在父辈与下一代的互动中，会导致下一代感受到回避、冷淡，并使得下一代对父辈隐藏的经历反而产生不可抗拒的执着，想要一探究竟。而这会对他们之后性格的形成造成重大的影响。这可以被称作战争创伤的后遗症。

　　这种创伤后遗症如同战争给人带来的创伤一样，是跨越战争受害者、目击者、施害者界限的，这种伤害跨越了个人的范畴，使得整个一代人都受到了它的影响。一个人只有了解自己家族的历史，才会感到找到了自己的身份认同。而战后一代在了解他们自己家族的历史过程中，潜移默化地受到他们父辈的影响，接受了他们的记忆、情感与经历，而这些父辈留给他们的包袱也定义了他们这一代人的特点。南希·休斯敦的《断线》（获 2006 年费米娜文学奖），很好地体现了家族之中记忆传承所带来的影响。《断线》的每一章都由一个六岁的孩子讲述，他们属于一个家族的不同代际。故事从这个家族的第四代倒叙回第一代，仿佛为我们一步步揭开了一开始就呈现出的结果的层层原因。事实上，战后一代如同他们的父辈一样被迫地被卷入了战争所带来的创伤之中。后记忆对于战后一代来说，形成了一种新的创伤，或者可以说所有人在一定程度上都是那个原始创伤事件的受害者。虽然我们无法真的拥有一份别人经历的事件的记忆，但是后记忆在情感功能上与记忆有着相同的作用，正是这一点将拥有后记忆的战后一代与父辈的创伤性过去连接在了一起。

记忆在同代人之间的传播与认同，也是后记忆的重要组成部分。即便成长在没有受到战争深重影响的家庭中，或并没有生长在父母遭到严重创伤的家庭中，战后一代也会在大众传媒、历史、文学、电影的影响下，接收到集体记忆中的关于父辈所经历的过去的讯息。同代人之间也会在群体中产生互相影响。例如在引起战后一代深深共鸣的帕特里克·莫迪亚诺（Patrick Modiano）[①] 的一系列作品中，都贯穿着对身份的找寻、对父辈往昔的找寻、对家族史的找寻，以及与战争的模糊联系这样的主题。事实上，这一众主题就是战后一代的精神写照，他们执着地探究着父辈的过去，他们与之有着千丝万缕的联系，有着强烈的情感共鸣；不属于他们的过去，却依然定义了这一代人，而这都源于这一代人所拥有的后记忆。

三、后记忆的形成

我们所讨论的战后一代的后记忆，其中不仅仅包括个人作为一个个体的记忆，更重要的是集体记忆的概念。战后一代对于过去战争创伤事件的后记忆，实际上是由几部分组成的：父辈的讲述与潜移默化的影响；后记忆主体本身的想象与投射；对历史、档案、文学、电影等档案化资料的学习后产生的影响；同代际群体中的分享。如上一节所述，前两个因素主要涉及记忆在家庭这个单位中的传承，而后两个因素就是集体记忆给战后一代带来的影响。

这里谈到了集体记忆的概念。德国学者康斯坦茨大学文化研究荣誉教授扬·阿斯曼（Jan Assmann）和康斯坦茨大学英语语言文学教授及文化研究专家阿莱达·阿斯曼（Aleida Assmann）共同发展出了一套有关集体记忆的理论。他们主要研究集体记忆中记忆的传递、集体记忆中交流记忆与文化记忆的区别，以及集体记忆与身份认同之间的关系。

他们的研究建立在法国社会学家、哲学家莫里斯·哈布瓦赫（Maurice Halbwachs）所提出的集体记忆这一概念的基础上。莫里斯认为，集体记忆是一个特定集体里的成员分享一同经历的过去的过程。而在集体中的交流以及寻找集体中的身份定位的过程，反过来也会重新激活个人记忆。集体记忆有助于我们更好地回想，因为我们不再是单独一个人，我们属于一个会让我们

---

① 帕特里克·莫迪亚诺，2014 年诺贝尔文学奖获得者，颁奖词说到他的作品唤起了对最不可捉摸的人类命运的记忆，捕捉到了二战法国被占领期间普通人的生活。

回想起过往事件的集体。

一个人会在所处的群体中找到自己的身份认同，而相关的记忆分享就是在一个集体中找到身份认同的重要前提。我们的记忆被激活，是因为我们与外界产生了互动，与特定的物体产生了互动，与特定的人群产生了互动，而这个过程使人找到在一个群体中的身份认同。每一个个体都是具有多重身份的，这取决于他属于哪个集体、社会、代际、体系以及文化，等等。而记忆是一个人进入所有这些层面，获取在这些层面中的身份认同的金钥匙。只有拥有记忆，并分享记忆，一个人才能属于一个集体、一个社会、一个代际、一个体系，以及一种文化之中，才能在这些层次中找到他的身份认同。

扬·阿斯曼认为集体记忆包括交流记忆和文化记忆两个层面。对于一个个体而言，个人记忆所对应的是个人身份认同，交流记忆对应的是社会身份认同，文化记忆对应的是文化身份认同。而寻找自己的身份认同，也必然是一个结合个人记忆、交流记忆与文化记忆的多重互动识别过程。个人记忆是在 20 世纪 20 年代之前，唯一的一种被承认的记忆。"而在社会层面上来说，记忆是一个进行交流与社会互动的要素。"① 交流记忆是带有自传性的，在经历过此事件的这一代人中流传的记忆。这种记忆，将情感与实体联系起来，可以在家庭或互助集体这样的单位中被传递给下一代。当第一代老去时，他们的记忆会被档案化，变为书籍或纪念物，交流记忆也就因而变为文化记忆。经历战争的一代就正在逝去，他们所具有的个人记忆与交流记忆很快就会被档案化。而文化记忆，同样属于集体记忆的范畴，它用象征的手段与形式对记忆进行表达，是客观稳定而可传承的一种记忆。文化记忆的表达形式包括各种历史遗迹、档案、历史与文学作品、电影、图像，等等。经历战争的一代与战后一代所创作的关于战争的作品，便属于文化记忆的范畴。交流记忆与文化记忆之间有多方面的联系与区别。

每一个个体所拥有的所谓记忆，只有在与其他人的记忆、某种象征符号或者说某件物品一直保持互动的情况下才会存在。

"这些物品本身并不具有自己的记忆，但是它们会提醒我们，会触发我们的记忆，因为它们承载着我们在它们身上所倾注的记忆，例如各种

---

① Jan Assmann. Cultural memory studies: an international and interdisciplinary handbook [M]. Berlin: De Gruyter, 2008: 109. "On the social level, memory is a matter of communication and social interaction."

菜肴、宴席、仪式、图像、故事和其他文本，风景和其他的'记忆地点'。"①

而在社会层面上来说，外界的象征符号更为重要，因为从本质来讲，一个集体是没有所谓的记忆的，正是外界的象征符号使得集体记忆得以存在，这些象征符号包括历史遗迹、文物、档案资料、传统习俗、宗教仪式等一系列用于触发记忆的形式。

相反地，交流记忆不存在这种被档案化的特点，并不会有专人教授传播交流记忆，也不存在任何一种实体来将它形式化。它存活在每一天的日常互动交流之中。因此实际上它是有寿命的，一般来说只存在于现存的有互动交流的几代人之间，主要包括将家庭、集体、代际中的个体联结起来的各种情感纽带。交流记忆的关键在于，它需要一个社交群体来进行传播。这个群体是具有同一把钥匙的人，他们具有类似的过去，相似的记忆，因此打开了同一扇门，属于同一个群体。在这个群体中他们进行记忆的交流，也因此获得他们在集体中的身份认同。从个人的角度来看，每个人都有许多把这样的钥匙，这也就意味着每个人都可以进入不同的群体之中，进行不同方面的记忆的交流，从而获得自己不同的多重社会身份认同。

文化记忆建立在过去的某一个固定点之上，它是远离现实生活的，表现的是更为遥远的过去。但它需要一个记忆的代表、一个承载体作为中介来进行传播。各种文化古迹、传统仪式、经典书籍都是文化记忆的中介。它们像是时间洪流中残存下来的，不断被流水侵蚀而成的岩石小岛，小岛上面是照亮茫茫大海、给夜航中的船只指路的灯塔，这灯塔承载着带领一代人找到他们所处的群体的过去，继而由此找到他们身份认同的使命。所以对于这些记忆中介的保存，也就是对于文化记忆的保存，可以使得更多的后代受到影响，使他们了解自己民族国家的历史。而交流记忆是建立在过去的一段时间之上的，它是紧邻现实生活的，只能追溯到近期的过去。因为它的传播是建立在参与者之间的互动之上的。

---

① Jan Assmann. Cultural memory studies: an international and interdisciplinary handbook [M]. Berlin: De Gruyter, 2008: 111. "Things do not 'have' a memory of their own, but they may remind us, may trigger our memory, because they carry memories which we have invested into them, things such as dishes, feasts, rites, images, stories and other texts, landscapes, and other 'lieux de mémoire.'"

文化记忆中保存了体现一个群体特殊性的各种知识。而在进行这些知识学习的过程中，事实上主体也在同时进行身份认同，通过学习他们会快速地定义自己是否属于某一个群体。但是，文化记忆对于过去的重现是有一定局限的，一如在第一章中所讲述的历史对于过去的重现，每一个对于过去的重现都只是一段现在与过去的对话，是站在当代的角度来看待过去。所以它只具有相对的客观性，所表现的也只是部分的真相。

综上所述，交流记忆与文化记忆的不同体现在很多方面。

第一，交流记忆是存在于日常互动之中的，是不被档案化的、没有形式化的实体来承载的；而文化记忆则是有实体的形式，通过书本、文物古迹、传统仪式等方式来表现。然而交流记忆与文化记忆的区别并不是口语和笔语的区别。早在书写的语言被发明之前，文化记忆就存在了，各种仪式和纪念物也是文化记忆的一部分。第二，参与交流记忆的主体更为相像，例如特定行业工会中的成员；而参与文化记忆的主体则是多种多样的，例如，具有不同背景的人都可以读同样的书，参加同样的传统文化活动。第三，参与交流记忆的主体，进行得更多的是一种分享与活动，虽然经验更丰富的人或年纪更长的人可能知道得更多，但是并没有出现一种完全教学式的、权威式的灌输；而在文化记忆的参与中，总是会有类似教师、萨满、巫师、学者这样的权威或者说记忆的承载人存在，因而参与文化记忆可以称之为一种学习。这类记忆承载人在没有文字而只有口述历史的社会的文化记忆中，是至关重要的。在各种传统仪式之中，知晓所有程序或者祝词的萨满或巫师，在这个社会中占有着重要的地位。第四，交流记忆是有寿命的，它只能表现近期约三代人的过去；而文化记忆却可以表现更久远的过去。第五，文化记忆的参与人具有精英化的特点，尤其是在历史上。最常见的例子就是，文学作品或经典著作通常是用当时的书面语言写就的，然而并不是所有的人都有机会学习正式的书面语言，所以可以参与到学习之中的人常常是当时社会中的精英阶级；而交流记忆则可以存在于各个阶级之中。

当然这两种记忆并不是泾渭分明、互无关系的，他们之间也存在着交流和互动。当交流记忆的参与者故去，他们的过去被收录进历史、档案或演变成文学作品，那么交流记忆就转化成了文化记忆。而文化记忆的参与者，与他所处的时代、社会、团体中的其他成员进行交流，使得文化记忆中的某一主题变成了一个日常互动之后，文化记忆就转化成了交流记忆。

而阿莱达·阿斯曼则将集体记忆细化为：个人记忆、家庭/团体记忆、民族/政治记忆、文化/档案记忆。前两个部分对应的是扬·阿斯曼的交流记忆，而后两个部分对应的则是文化记忆。对于个人记忆为什么也属于集体记忆，她是这样认为的：

　　　　"一旦语言化之后……个人记忆就融合在人际间交流的符号语言系统之中了，并且严格意义上来说，就不再是纯粹独有而不可被剥夺的财产了……它们可以被交换、被分享、被证实、被确认、被纠正、被争论——还有，最后还可以被记录下来。"①

　　个人是属于社会集体的，个人的记忆在语言化的过程中事实上也被集体的特征影响。而团体记忆是在代际中形成的，它基于家庭经历的传承。民族/政治记忆与文化/档案记忆则是在代际间形成的，它不再由某种特殊的经历作为传递的中介，而是借助于某种形式化的系统来进行传播，例如，历史文学作品、文物遗迹，等等。

　　另外，阿莱达·阿斯曼认为家庭在记忆传递中是一个特有的单位。在一个家庭中，常常以家庭式的语言———一种有意识的形式以及身体语言———一种非语言化的、无意识的形式，来进行记忆的传递。家庭式的语言具有直接而形象化的特点，再加上重复这一特性，很容易使后一代在脑海中留下对创伤性事件的深刻的印象。在身体语言中，包含了许多表面以外的内涵，例如受创以后形成的不自觉的习惯，事实上代表着创伤依然影响着受创主体的生活，这一类无意识的行为会潜移默化地影响到后一代。然而，即便伴随着亲密而家庭式的对于过去的讲述，事实上这一过去也是搭配着广泛传播的图像，或其他表达方式作为中介而被战后一代接受的。那些表现同样主题、广泛传播的图像，将本已非常直接的家庭式讲述更加形象化。这种广泛传播的图像与家庭照片相比具有典型化、震撼力强等特点，更容易作为讲述的辅助，将创伤性事件本身附带着强烈情感一起烙印到后一代的脑海中。

---

　　① Aleida Asmann. The oxford handbook of contextual political analysis［M］. Oxford：Oxford University Press，2006：3. "Once verbalized…the individual's memories are fused with the inter－subjective symbolic system of language and are，strictly speaking，no longer a purely exclusive and unalienable property…they can be exchanged，shared，corroborated，confirmed，corrected，disputed—and，last not least，written down. "

在这种直接被集体创伤性事件影响的家庭第二代个体通常会深深地被父辈那可怕而未知的过去影响。战后一代就是这样，他们所进行的有关创作，包括各种艺术形式，小说、绘画、电影，事实上都是对这样一种生活经历的表达。长期生活在受到创伤的父母身边，也许受到他们痛苦、抑郁的影响，使得战后一代对自己的存在、对遥远的深深伤害父辈的未知过去，产生了种种疑问。这样的一种过去，是使他们家庭受到沉重打击的原因，是给他们的家族打上烙印的始作俑者，是塑造了他们父母，甚至影响到他们成长的重要因素。对于这样的一种过去他们无法选择，只是从父辈那里被动地继承了过去的情感。

然而在这种私人家庭式讲述、图像与公共的讲述、图像混合传播的情况下，战后一代很容易模糊真正属于自己家族的过去与广泛传播的过去之间的区别。事实上，对于战后一代而言，后记忆的形成本来很大程度上就要借助一个中介。即便是最亲密的家庭记忆的交流实际上也是受所在集体限制的，也就是说文化记忆会影响交流记忆的传播。因为在交流记忆中需要用到文化记忆中的触发记忆的实体，所以说后记忆是一个混合的整体，并没有办法真正区分私人的、家族的部分与公共信息的习得部分。后记忆的这种混合的结构模糊了阿莱达·阿斯曼所标注的在个人记忆、家庭/团体记忆和社会/政治记忆和文化/档案记忆之间的界限。然而后记忆的混合结构并不能从根本上影响战后一代从父辈那里没有选择地获得的记忆与情感，以及随之而来的创伤后遗症。

而对于赫希来说，最重要的是后记忆文化能够再一次唤醒个人与家庭的经历和情感。后记忆文化的发展或许是在继承了对于历史创伤性事件的记忆之后，进行集体纪念需求的一种表现，也是个人与社会对于创伤性过去的一种责任。将这份记忆继续传承下去，是战后一代的使命。虽然受到父辈创伤的影响，但是后记忆文化要传承的不是痛苦的过去，而是从这一创伤性经历中所获得的宝贵人生经历，以及对战争这一给人类带来不可磨灭创伤的怪物的反抗。这一份关于战争的记忆会像警钟一样长鸣。

第二节　创伤的代际间传递

一、跨代际创伤

如果我们可以获得他人对于创伤性事件的记忆，那么我们是否可以获取这一事件对他人造成的创伤呢？

事实上，战后一代继续生活在战争创伤的后遗症之中，这是毫无疑问的。弗洛伊德在《图腾与禁忌》（*Totem and Taboo*）中就曾提到，一代人会将他们独特的心理问题传递给下一代。他说道，没有一代人可以对他们的下一代隐藏这种重要的心理转变过程。这种传递有时仅影响到个人，但是有时会给整个一代人带来巨大的影响，甚至给整个社会带来严重的后果。尤其是在上一代人经历严重创伤而导致自己的心理产生了极大转变的时候，这一转变也必将传递给他们的下一代。

首先，就原始创伤性事件来说，战后一代本身并没有经历过战争，但是他们的父辈经历过战争，并且对此有着很深刻的个人情感。在家庭式的讲述之中，在父辈的回忆之中，在寻找家族身份认同的过程之中，战后一代获得了一种对战争创伤性事件的强烈情感，我们将之称为后记忆。事实上，后记忆从某种角度而言就是原始战争创伤性事件所带来的创伤在战后一代中的表现。而且，在战后一代的生活中，依然存在着战争或类似的创伤性事件，可能在远方，可能根本与他们所处的国家无关，但是他们从电视上、电影里、各种新闻媒体上都可以看到当下正在进行的事件的图像。这些图像在他们脑海中，与父辈关于战争的讲述与图像重合在一起，使得他们产生一种始终沉浸在战争外围的感觉。就像向水中投入两颗石子，两颗石子所产生的波纹汇合在某处，战后一代仿佛就生活在这个波纹汇合的某处。他们知道在哪里、在什么时候发生了战争，而这个战争与自己又有着千丝万缕的联系，但是自己又都不在事件发生的当时当地，没有目睹"石子的掉下"。无论从时间上来讲，还是从地理位置上来讲，无论战争距离他们的远近，这些创伤性事件都毫无疑问地对他们带来了影响，而且可以说这种影响是叠加起来互相加重的。

然后，就战争带来的创伤而言，战后一代并没有直接受到原始创伤性事件所带来的创伤，但是他们生活在战争创伤的后遗症之中。他们的父辈本身受到创伤，所以，从个人角度来看，这使得他们在家庭这个结构之中没有选择地、被动地接收到了战争所带来的创伤的后果。这其中包括对于父辈创伤的直接继承，如果父辈所经受的创伤没有被很好地修复，那么他们的后代就很容易受到父辈创伤的影响，例如大屠杀幸存者的后代所具有的受害者/幸存者的身份认同，对于自己活在世上感到愧疚，对于在战争期间失去的亲人的痛苦怀念，继而产生焦虑与抑郁症状。当然更多的情况是，战后一代受到战争所带来创伤的间接影响，例如受到重大创伤的父母与从未受到重大创伤的父母在对下一代的培养过程中，必然存在着特殊的方式方法，而这将影响到下一代的成长与心理状态。一个在父母始终保持回避、冷漠态度的家庭中成长起来的孩子，面对极端情况或重大压力会更敏感，在人际交往中也容易产生一系列心理问题。

那些在经历战争时已经成年的第一代，可能在半个世纪之后，或者在当下世界再度出现战争冲突时，抑或在从繁忙的工作中解脱退休时，才出现创伤性事件画面的闪回，经历有关战争的噩梦。他们常年用工作麻痹自己，将受创回忆压抑起来，直到受到外界的强烈刺激或压抑的因素突然消失，创伤的症状才爆发出来。而那些在战争发生时还是小孩子的第一代则一直在与他们与生俱来的不安全感和悲伤做斗争。而作为经历战争一代的后代，无论他们的父辈在经历创伤事件其时处在怎样的阶段，战后一代在成长中都会受到来自父辈的严重影响，战争这一原始创伤性事件透过父辈将战后一代也置于了它的阴影之下。事实上有关创伤性事件的可怕回忆，以及随之而来的强烈情感，都从未远离受创者及他们的后代。从父辈那里间接受到的创伤使得战后一代对相关的经历更为敏感，他们更容易出现抑郁，在与人交往中也更容易出现问题，这也就形成了战后一代自己的创伤。

事实上，人类可以记得的东西往往要比想象中更多。有很多细节，人们在回想前也许并不会认为它们会出现在回忆中，但是在回想时，人们可以看到比他们想象中更多的细节，而这些细节反过来也让回想更为真实。例如，看到一个德语词，一个曾经在集中营里生活过的幸存者，就会瞬间回想起听到那个词时的场景，周围的人正在做什么，当时的天气、温度，甚至环境中的气味等种种细节，以及当时他自己的心理感受等。又如，闻到一种血腥的气味时，一个曾经参加大屠杀行动的德国老兵，可能就会回想起，他带队将犹太人押进树林进行屠杀的场景——当时呼啸的风，树林中层层的落叶，一众人踩在树叶上发出的声音，子弹横飞穿过人体的声音，死去的犹太人脸上残留的惊悚痛苦的表情，还有渐渐弥漫开的血腥气味，以及他当时心理受创之后的一片空白。记忆不是整段整段的存在，而是被压缩进一个象征性的物体中，它可以是实实在在的一个画面、一个词语、一种口音、一种气味、一种颜色、一节火车车厢，也可以是一种感觉，饥饿、寒冷、害怕、疼痛，等等。然后，在创伤后的生活中，经过对创伤经历的否认阶段后，一旦触发这个装置，重新看到、听到或感到同样的物体或感觉，受创者便会回想起创伤经历。

正是这一个个记忆的触发器引起了受创者的回想。创伤记忆的触发器最终连通的都是当时当事人内心的情感和感觉，而这相关的情感正是创伤的关键。这样的触发装置，事实上在创伤的跨代际传递中，起到了很大的作用，受创的父辈在触发这个装置时会进行对创伤经历的回想，而往往在回想的过程中（或回想后），父辈会对第二代进行讲述，而且这个记忆的触发装置在讲述中占据着重要的位置；在某些讲述中，总是以这一装置作为开头（比如父辈总是在看到有关雪中的树林的影像时）开始讲述他在战争期间的经历，那么他的第二代也会把这一影像与战争，与父辈的难以忘怀的创伤经历联系起来。就这样，随着创伤经历的讲述，创伤经历记忆的触发装置也就传递给了战后一代。然而，往往这一装置会在传递过程中发生改变，例如在父辈的讲述中并没有明显地出现记忆触发装置，而父辈讲述创伤经历时的环境、时间却常常吻合，那么这就会给第二代造成一个新的记忆触发装置。而第二代的记忆触发装置，不仅与父辈的创伤经历以及他们受创之后的感受相联系，而且还与第二代自己当时的情感紧密相连。于是，这样的记忆触发装置变成了一个集合两代人对于相同创伤经历的情感的象征体。漫画《鼠族》的作者阿特·斯皮格曼正是因为童年时每晚父亲的讲述才创作了纪实漫画，讲述二战期间犹太人在集中营的经历。这样的深夜讲述，成为作者的记忆触发器，将他与父辈动情的讲述、与那些带来极大创伤的过去连接在了一起。

二、跨代际创伤的症状

跨代际创伤与创伤有着类似的症状，包括焦虑、抑郁、对现在与过去的混淆、性格及行为的错乱等；除此之外，还有对于灾难再度来临的恐惧感，对于无法改变过去的愧疚感，等等。而跨代际创伤的形成与症状和父辈的表现息息相关。

首先，受创父母很有可能过度地表达自己的创伤经历。例如，将在创伤事件中、极端条件下的行为方式带入以后的生活中，这本身就是一种创伤的表现。如果某一种行为方式使得主体在极端情况下得以存活的话，那么即便在脱离这种极端条件的情况下，由于受到原始事件极大的创伤，主体很有可能继续这种行为方式。例如，在集中营里，每天面对死亡的威胁，使得主体可以生存下来的行为方式就是不被人注意，仿佛隐形一般。如果受创父母继续以这样的行为方式生活的话，那么他们的后代自幼也会对自己的行为有这样的要求，竭力不被别人注意，保持一种不存在的状态，那么在之后的人际交往中，就很难真正地与人建立联系。或者例如，受创父母过度地表达自己的受害者身份，这会使得后代自动代入受害者这一身份，仿佛同时生活在当下和创伤性过去两个世界之中，产生对于家庭的强烈依赖，在与其他人交往的过程中，他们就可能会产生信任危机和敌对情绪。

其次，受创父母有可能将自己的创伤经历隐藏起来，变成一个禁忌，从来不去提起。这对于下一代来说会形成一种缺失。在这样的家庭中，受创父母所表现出来的回避、压抑、淡漠，或过度保护与严苛，会使得后代感到与父母关系中亲密感的缺失，以及家族身份认同感的缺失。而在与他人的交往过程中，这一问题会表现为无法与他人达成共鸣、回避以及无法建立亲密关系。例如小说《妖魔的狂笑》中的保罗，他只知道，自己的父亲在法国解放之后不为人知地死在了卢森堡公园，却从来不知道，在战争期间和战争刚结束时，在他的父亲和舅舅之间究竟发生了什么。这个疑问使得他一直对父亲的身份有怀疑，觉得现有的和平是一个假象，与心爱的女孩克拉拉之间的关系也若即若离。

根据美国心理学家梅丽莎·卡阿娜—尼桑鲍姆（Meilissa Kahane-Nissenbaum）的有关研究，事实上在创伤的传递过程中，每一代人都有着不同的表现与症状。直接受到原始创伤性事件冲击的第一代受创者，更多地表现出无法回忆、睡眠障碍、易怒、注意力难以集中、易受惊、抑郁等症状。而第二代如果遭受过创伤性事件，他们比常人更容易受到创伤，也很有可能继承父母受害者和幸存者的双重身份。在家庭里，与父母的互动中，他们既要被迫接受创伤性过去的侵袭，又要在这基础上控制自己、照顾父母的情绪。

在与外界的交往中又有可能因为他们的回避、疏离或无法独立，而导致无法与他人建立正常的交往关系。第三代则更多地将祖辈的经历当作家族的宝贵遗产。他们在其中找到自己的身份认同，并从创伤的修通中获得正面的意义，感到自己有责任将这份遗产流传下去并阻止相似的事件再次发生。在第三代中也有可能出现创伤的隔代遗传。这是由于创伤在第一代的否认期过长，或出于对第二代的保护心理，第一代完全隐藏了这段创伤性过去。

三、创伤传递机制

那创伤是如何在代际之间进行传递的呢？临床心理学家那顿·皮特·菲利克斯·凯勒曼（Natan Peter Felix Kellermann）在其研究中提出了四种主要模型，从理论上来解释创伤在代际间的传递，即：精神动力、社会文化、家庭系统以及生物传递模型。但笔者认为，可以直接将其总结为家庭系统模型、社会文化模型以及生物传递模型。因为精神动力学上创伤的传递，绝大多数情况下就是发生在家庭这个特殊单位中的。

首先，在家庭传递模型中，经历创伤性事件的第一代会把不能够有意识表达的对于创伤性事件的强烈情感，在无意识中传递给后代。创伤的传递是通过无意识的身份认同过程而进行的。父辈会将自己关于创伤性事件的情感与焦虑投射到生活之中，而战后一代会感到自己会被迫接受与自己切身相关的但却无法改变的创伤性过去。在这样的家庭之中，战后一代常常在自己的身份与父母的身份之间挣扎。他们与父辈之间有很深的羁绊，甚至感到自己继承了父辈受害者与幸存者的双重身份，由此受到创伤的严重影响，这就是家庭中所产生的创伤传递。在某些严重的案例中，在战后一代身上甚至也会出现有关事件的噩梦与闪回。

事实上，在这样的受创者家庭中，战后一代接收到的首先是来自他们父母的、伴随回忆的、对于原始创伤性事件的强烈情感，特别是极度的恐惧。另外，战后一代还从父母那里继承了对于饥饿、寒冷和疼痛的相关反应。这是因为在战争这一特殊的条件下，会产生许多极端的生存环境，而在极端生存条件下幸存下来的第一代，会对当时所感受到的身体的具体感觉记忆犹新，尤其是饥饿、寒冷和疼痛这些关乎生死的感觉。

在第一章，我们曾经分析过创伤性事件的特点，其中就包括，创伤事件总是给人留下一种感觉。当受创者回忆起创伤性事件时，他所回忆起来的还有当时的感觉。往往也正是这样的感觉，会将他们带回到创伤事件发生的现场，让他们产生回忆。这种挥之不去的感觉是创伤性事件的特点。这样的感觉在生活中萦绕不去，是创伤的一种症状。而这样的感觉也正是创伤的一个触发机制。继承了这种强烈感觉和情感的战后一代，会更容易理解父辈的过去。

例如，祖母总是在饥饿的时候回想起战争期间的极度饥饿的状况，而后开始回忆并讲述这段经历。而他的孙子，就在饥饿的时候不断地重复听到祖母在战争期间的经历，然后他也就将这一感觉与战争紧密联系了起来。待到他长大，每每饥饿的时候，他就会回想起祖母的讲述，甚至会在脑海中浮现他想象中的，或在照片中、影像中看到的战争的画面。战争的创伤便由此在家庭中、日常的行为中，从一代人身上传递到了下一代人身上。

然而，在这样的家庭中成长起来的战后一代，并不应该只是全盘接受自己家族的创伤性过去，而是应该同时积极寻找自己在历史上的定位，找到正确看待这一创伤性家族过去的方法。

其次，在社会文化传递模型中，正如集体记忆对后记忆的影响一样，跨代际的创伤传递可以分为两个方面来分析。一方面，交流记忆对战后一代带来了影响。他们在群体中获得身份认同，同时进行记忆的交流，这一交流事实上会深化他们本身对于创伤性事件的感情，并加强他们作为受害者与幸存者第二代的身份认同，这一身份认同本身就是一种创伤。在文化记忆的影响中，广泛传播的图像、图书、电视、电影等信息会具象化父母所讲述的创伤性过去，加深随之而来的影响。例如在小说《法兰西兵法》中，主人公通过电视节目的报道、电影，近距离观察到现实中发生在别处的战争的残酷细节。小说中并未讲述主人公的家庭和父母的情况，甚至都没有介绍他的姓名，但是他无疑是属于战后出生的一代。根据作品中的叙述，读者没有办法判断他是否受到来自他自己家庭的影响，但是单就社会环境以及集体记忆的影响，主人公就已经对于战争这个话题十分敏感，并感到了在现实生活中无处不在的战争阴影。这一主人公的形象事实上是许多战后一代人的象征，也许他们并不十分了解以前的战争以及原始的创伤性事件，但是他们隐隐地感到，这是他们父辈的历史，是他们如此地接近的一段充满创伤的过去。他们的家族树更上端的枝叶就曾经碰触过这一可怕的、挥之不去的阴影事件。而发生在现实中的战争让他们感受到在同一时刻，在这世界上的其他地方就正有别的人经受着战争所带来的苦难。仿佛只要他们再把自己的枝叶探出远一些，就会触碰到这个可怕的怪物。这对于他们来说总是这么近（又仿佛那么远）的怪物，给他们带来的影响是不可否认的，但他们又不知道该如何排解。所以这位年轻的主人公对于萨拉尼翁这样一个经历过战争，又成功正常回到自己生活的老兵的出现，十分感激。萨拉尼翁给他讲述了真正的战争，讲述了自己的感受，以及如何从战争中回归生活。实际上这是一个跨越创伤的第一代引领战后一代，在现实生活中寻找跨越创伤的出口的故事。

最后，在生物模型传递过程中，也就是在遗传这一过程中，事实上我们找到了创伤可以从父辈遗传给下一代的客观证据。这一传递过程涉及表观遗传这一概念。

表观遗传学研究的是，在遗传基因序列没有发生变化的情况下，也就是说基因没有变化的基础上，产生的可以遗传的基因表达。这种情况是真实存在的，在当前的研究进展下，发现导致这样的现象主要有以下几个原因：遗传基因的甲基化，组蛋白密码，基因编辑，等等。相关的试验已经证明，某些饮食习惯等后天的经历所造成的身体上的改变，也可以遗传给后代。而加拿大麦克吉尔大学的基因学家、药理学教授默什·史扎夫（Moshe Szyf）与同样来自麦克吉尔大学的生物神经病理学教授迈克尔·米尼（Michael Meaney），进行了进一步的思考，如果说饮食习惯、在化学品中暴露等因素可以影响表观遗传并遗传给第二代的话，那么某些特殊的经历（例如遭受到的重大打击）所造成的影响是否也可以通过这样的方式来遗传给第二代呢？

根据表观遗传学的新观点，过去的创伤经历，会在我们的遗传基因分子上留下伤痕。例如，经历过集中营生活的犹太幸存者，经历过奴隶制生活的非洲裔移民，这样的一代人的经历，不仅作为记忆深深地烙印在了他们的脑海里，还可能作为可遗传的信息被镌刻进了他们的身体中，并随着他们的繁衍生息遗传给了下一代。正是这样，我们祖先的经历并没有随着他们的消失而消失，而是随着他们的遗传信息，变成了我们身体的一部分。我们有可能不仅遗传到了父辈的某些身体特征，还遗传到了他们因为某些经历而导致的性格问题。基因组被称为生命的蓝图，而表观基因组则可以被看作是一个生命的细致描画。身体特征的遗传固然不可小觑，而性格特征、受创性等软性特征对于遗传来说也是非常重要的。这种软性特征就像一种病毒，它可以潜伏很多年不对主体造成伤害，但是一旦突然触动了它的开关，即便是在毫无危险的情况下，它也会爆发，并给主体带来前所未有的恐慌。这种病毒的发展过程十分缓慢，可能在很多年后才会爆发，经历过战争的受创者就像感染了病毒，他们是病毒的携带者，他们会将病毒遗传给他们的下一代甚至第三代，这个病毒爆发不爆发是一个问题，但是它被遗传给了第二代或第三代这是可以肯定的。尽管传统遗传学界对此种观点并不完全认同，但是这一新观点带给了我们巨大的启示。

　　史扎夫和米尼进行了一系列大鼠实验后，证明了后天的经历可以使得主体的遗传基因被甲基化，从而改变主体的基因表达，产生行为上的变化。而后他们进一步开展人体研究，在比较自杀者和死于突发原因者的大脑结构后，他们发现在前者大脑海马区的基因中有过度甲基化的现象。而且那些在童年时期曾经历过虐待的主体，此区域基因的甲基化程度会更高。大屠杀幸存者的后代为什么会像他们的父辈那样继续产生受害者、幸存者的感受？为什么他们更容易感到焦虑和沮丧？也许正是因为他们生长在受害者家庭，童年时期获得的经历使他们的海马区基因发生了某种程度的甲基化。或者，父辈在集中营期间的经历，使得父辈本身脑部海马区的基因甲基化，然后这一特点被直接遗传给了下一代。这也就是为什么有时战后一代感觉到自己仿佛是带着那些他们并没有经历过的事件的记忆出生的——对于他们并没有经历的一切，他们感到那么熟悉，产生出一种无法表达的情感。对于相同的事件，他们会更容易产生与父母相似的感觉，这是与他们身体中携带的遗传基因有关的。这就像是战后一代按照父辈的钥匙配了一把完全相同的钥匙，那么他们就可以打开同一道门，在听到父母讲述的过去，或在广泛传播的媒体中看到相似的影像、史实或故事时，他们就会很容易产生与父母一样的反应，一样的情感。

　　然而事实上，创伤的遗传必定是先天因素和后天因素相结合互相作用的，我们要综合地看待这一过程。创伤的遗传是受到家庭和社会、个人发展、生物遗传等多方面影响的。一个在大屠杀幸存者家庭成长起来的孩子，如果他表现出经常做噩梦等症状，那么根据家庭传递机制中心理学方面的理论，这可以被解释为他表现出了父母潜意识里存在的、不能被清楚表达出来的恐惧。这很可能是与父母的一系列沟通所造成的结果。在一个充满敌意、回避以及冷漠的家庭环境中，孩子感到过去的阴影一直笼罩着现在的生活。从社会传递机制方面来说，这可以被看作是孩子在同代人中间获得了受害者的身份认同，并加之以广泛传播的图像、电影等大众媒体的影响，最终形成的主观想象与投射。从生物遗传的方面来说，父辈的战后创伤可能被直接遗传给了后代，使得他们更容易在压力或某些条件下受到影响，并触发有关症状的爆发。所以，针对战后一代所表现出来的创伤症状，要多方面、多角度地来进行分析。

四、跨代际创伤的跨越

那么，为什么有些战争创伤家庭的后代能够很好地适应现在的生活，并没有表现出明显的创伤症状，而另一些创伤家庭的后代却深陷父辈的创伤中，甚至因此引起自身生活中的问题呢？是什么样的因素在减轻或加重战后一代受到的跨代际创伤影响呢？应该怎样来跨越跨代际的创伤呢？

相关研究表明，有一些大屠杀幸存者的后代发展出了一种他们自己独特的对抗父母战争创伤的机制。因此，即便父辈受到严重的创伤，这些后代也没有过度地受到来自这一严重创伤的影响。

首先，这些家庭的孩子，在成长过程中，在平等开放的环境中（而不是以一种可怕的方式）讨论了他们的父母在战争中的可怕经历。而这些能够良好适应战后生活的家庭往往会积极地参与到某些幸存者组织中。这类组织会给他们带来心理上的支持，也会让经历创伤的家庭联结起来，互相给予支持和鼓励，获得一种自己不是被抛弃的集体感。这让这些幸存者的后代能够更为客观地看待父辈的这段经历，也让他们对自己相当重要的家族史有一个全面的认识。

其次，学校、青少年活动中心或者夏令营这种与同代人接触的环境，也有利于战后一代减轻父辈创伤对他们带来的影响。事实上，对于战后一代来说，青少年时期是一个重要的时间节点，能决定在以后的生活中他们是否将受到父辈创伤的严重影响。因为，正是从这时起，他们会渐渐远离原生家庭，也会远离原生家庭所代表的创伤。对于这些刚刚开始远离家庭生活环境的战后一代，能否与同龄人在社交活动中进行良好的互动会对他们产生重大的影响。在这一重要时期，他们获得了与家庭之外的同龄人接触的机会，这给了他们一个在家庭生活之外创建自己的生活、感受自己的时代，从而找到自己在历史上的定位的机会。相反，那些缺少和同龄人正常互动，或缺乏这些非家庭式支持的战后一代，会更深地受到创伤的影响。他们会更容易吸收父母的原始创伤，也更容易在与父母的片面沟通中、在畸形的成长中受到创伤的影响，因而在他们以后的人生更容易出现问题。

那些受到创伤严重影响的战后一代，往往具有以下的特点：他们出生在父辈受到创伤之后不久；他们是这个家庭的首子或独子；他们的父母双方均是受创者；他们感到是战争中死去孩子的代替品；他们的父母受到极度的创伤，承受极大的精神压力（例如在创伤事件中失去了近亲并因此受到极大的打击），父母与后代之间的关系以仇恨为主题，并缺乏有效的、正确的脱离这样家庭关系的手段，或者缺少一个支持性的同辈社交圈；过度地或过少地讨论原始创伤性事件和父母的创伤。

事实上，父母本身对于创伤的态度与第二代获得的跨代际创伤的程度息息相关。如果父辈对于创伤经历本来就可以很开放地看待，他们遗传给后代的也是这种可以良好对待创伤经历的潜在能力。然后，这样的父辈也更容易带领他们的家庭参加到创伤后的互助组织中去。这样的遗传和后天因素，让他们的后辈也可以更平和而开放地看待父辈的创伤经历，接受自己的家族历史，减少自己所获得的跨代际创伤。反之亦然，如果父母处在深深的创伤之中无法自拔，那么，他们传递给后代的便是这种潜在的更容易受到创伤影响的性格。然后，他们在创伤后的生活中会远离群体，把自己封闭起来，在与后代的交流之中也会更多地表现出回避和冷漠。先天和后天因素叠加起来，成长在这样家庭中的战后一代必然会获得更为严重的跨代际创伤。

从以上的观点中我们可以看出，跨越代际的创伤具有与普通创伤类似的症状，而修通此类创伤的途径也与修通原始创伤的途径相似。但修通跨代际创伤的重点放在了战后一代与原始创伤事件之间关系，以及他们与经历原始创伤事件的父辈之间的关系上。关于创伤性事件的充满强烈情感的回忆，一直有意或在无意识中伴随着受创者以及他们的后代，而这一回忆也将战后一代和父辈紧紧联系在一起。只有创伤事件被合理地纪念、修通，这一创伤才会转化为对生命、生活有益的力量，给战后一代带来正能量。

修通跨代际创伤的第一步依然是回想，即知晓与面对原始创伤事件。在受创者家庭中，完全对战后一代隐瞒创伤性事件并不是一个好的做法。即便创伤在第一代被否认或压抑，它也必然会在下一代中有所显现。家族历史的缺失、家族身份的认同缺乏同样会对战后一代带来创伤，使他们生活在寻找身份认同的迷茫之中。另外战后一代在他们与父辈沟通的过程中，也会明显感到回避和淡漠，这样并不利于他们的成长。同样地，父辈过度地讲述曾经的创伤经历，也不利于战后一代的成长。这会让战后一代活在父辈创伤性过去的阴影中，过度地继承父辈的幸存者/受害者的身份。所以在家庭这个特殊的创伤传递单位之中，过度与过少地谈论父辈的创伤经历都不是一个好的选择。在平等开放的环境下，以正常而易于接受的而非"恐怖的方式"讨论创伤事件，会为战后一代了解家庭历史，获得客观正确的家族身份认同创造一个良好的机会。对于父辈的创伤经历的正确了解，有助于厘清战后一代与父辈之间的关系，在开放平和的环境中讨论父辈的过去，会让战后一代明白父辈的经历虽痛苦，但这仅仅是父辈的经历，并不是他们自己的经历。

　　修通跨代际创伤的第二步便是情感迸发，即合理抒发战后一代对于原始创伤事件的复杂情感，同时让战后一代进一步厘清自身与经历原始创伤的父辈之间的关系与情感。由于父辈的过度表达，或与父辈有深厚的情感羁绊，继承父辈身份认同的战后一代对原始创伤事件会与父辈一样抱有强烈的情感。这时需要分离父辈的身份让战后一代获得自己的身份认同。让他们知道对创伤事件有强烈情感是很正常的，这是与他们自身，他们的家族息息相关的历史，但这不是他们自己的过去。要在抒发自己情感的同时，找到合理看待这份情感的位置，明确自己与父辈之间的关系，获得属于自己的身份认同。战后一代往往只是模糊地感觉到父辈创伤对他们的影响，他们并没有合适的渠道来抒发这种毫无缘由的抑郁、悲伤和愤怒。因此要鼓励战后一代表达自己的情感和想法，使他们意识到存在于他们潜意识中的来自父辈创伤的影响。战后一代要明白：自己怀有的对于父辈创伤经历的强烈情绪事实上掺杂了自己与父辈之间深厚的情感羁绊。战后一代具有这一复杂而深厚的情感是正常的，但不应过度地将这种情感投射到与父辈过去的关系中，而应该勇于表达自己的独有的情感。

　　最后的步骤——修通，即理性客观地看待原始创伤性事件、接受它的存在、理解父辈的创伤，并站在自身的角度去辩证地看待原始创伤性事件，从中提炼出对于现今以及未来的积极意义。如果战后一代可以将自己的身份与父辈的身份分离开，获得属于自己本身的身份认同，这将帮助他们更加客观、冷静地看待创伤性事件，使得他们获得一种历史高度，以现在的眼光回顾过去。他们会看到：这是一份与他们紧密相关的过去，一段他们不可否认，无法选择的家族的历史。事实上他们与父辈一样，在创伤事件面前，并没有选择，只能被迫接受。这是他们与生俱来的，所以与其沉浸在创伤所带来的痛苦中，倒不如辩证地看待这一过去。战后一代要承认这一残酷的过去确实发生在父辈的身上，承认这确实给父辈造成了创伤，而这创伤是不可修复的。他们要接受父辈因此受到的伤害、发生的改变，以及他们对于过去的强烈情感，同时接受自己与父辈不可分割的紧密联系；这样他们才会理解自己对于这一过去可能存在的情感，同时明确自己在历史中的位置，站在今天回顾过去，从创伤的过去中提炼出对于现在、将来的积极意义。只有正确地接受过去，才能更好地领悟当下，也只有修通过去与现在之间的桥梁，才能疏通过去、现在、未来之间的通路。

　　另外，有关创伤的表观遗传研究也为我们提供了一种新的治疗创伤的可能性，那就是研制对抗严重甲基化的药物，消除有关基因的严重甲基化，那么创伤就不会通过生理的途径遗传给下一代。从另一个角度来说，表观遗传治疗也从生理遗传的方面提供了抑制创伤的代际间传递的方法，从而结束了原始创伤事件带来的代际间绵延影响的可能。

　　然而，即使在心理分析治疗与表观遗传治疗双管齐下的情况下，战后一代还是有可能受到父辈创伤经历的影响，想要修通创伤还是要凭借主体自身。他们应该用自己的方式对抗父辈的创伤性过去带给他们的情感上的严重影响，并找到这一份来自家族的宝贵遗产给他们的人生所带来的意义。而这也就涉及了本研究的主题，后记忆战争文学。事实上，后记忆文学作品就是战后一代跨越自身创伤的一种途径。后记忆文学创作为战后一代提供了一个理性认识原始创伤事件、合理抒发自身情感的试验场。

第三章　后记忆文学

　　本书将战后一代作家基于后记忆而创作的文学作品称之为后记忆文学。这一类文学作品或多或少与战争相关。

　　法国文学中，这种联系在有些作品中表现得很明显，例如乔纳森·利特尔的小说《复仇女神》，就以一个德国党卫军军官的角度讲述了第二次世界大战（以下简称"二战"，本章下同）以及战前战后的时代。这表现了战后一代在回顾父辈历史时独特而客观的角度。在另外一些作品中这种联系则表现得很模糊，例如在帕特里克·莫迪亚诺的一系列作品中，战争的线索就被弱化，但其作品中所表现出的身份迷茫、对父辈历史的追寻，其实都源于战后一代对于父辈所经历的战争所抱有的后记忆。本书主要研究的是二战后的法国后记忆文学。

第一节　二战后战争文学的发展

二战结束之后，世界文坛上出现了大量的关于二战，尤其是有关犹太人大屠杀的作品。这些作品常常以巨大的篇幅、记录的手法，描述了种族大屠杀这一主题。它们很多都是建立在第一手的证言证据之上的，它们向世人展示了在这一骇人听闻的历史重大事件中究竟发生了什么。

这其中也不乏文学作品，例如意大利作家普利莫·莱维（Primo Levi）的《如果这是一个人》，或者美国犹太作家埃利·维瑟尔（Elie Wiesel）的《夜》。这些真实的极端经历的复述被看作文学作品，因为其现实的文化背景更加注重他们的美学价值而不是作者的意图。那么怎样来区分文学、小说和记录呢？事实上，普利莫的作品给了我们一个答案，那就是对于历史事件的证言也可以成为文学作品，而法国作家乔治·佩雷克（Georges Perec）或者塞尔维亚作家丹尼洛·契斯（Danilo Kis）的作品则用另一种形式告诉我们：一部文学作品，一部小说也可以讲述一部分历史真相。这些早期的文学作品主要表达了作者记录历史、为消失的族群代言的诉求。

从战火未尽的20世纪40年代以来的第一手证言，到21世纪之初充满争议的《复仇女神》，二战作品经历了一系列的演变。经历过战争，逃脱大屠杀的一代人的回忆讲述，逐渐让位给了战后出生一代的虚构创作。后记忆文学成为现代战争文学的主体。作家们不再记录历史，而是把自己的创作看作一种对于过去的解读，是一场现在与过去的对话。他们并没有经历过过去，而是借着对过去进行重新解读的机会，对全人类提出一系列尖锐的问题。

这一转变开始于20世纪60年代，彼时对于纳粹德国高官、所谓"最终解决方案"的主要负责人阿道夫·艾希曼（Adolf Eichmann）的审判，引发了全世界的大讨论：犹太人大屠杀是一个特殊的罪行，还是一个平庸的恶。所谓"平庸的恶"这一概念由德国哲学家汉娜·阿伦特（Hannah Arendt）提出，在审判庭上她观察艾希曼，发现他"并不是一个'怪物'，实际上怀疑他只不过是一个'小丑'罢了"。① 她认为，只是在一个岗位上机械地完成上级给出的命令，哪怕这是一个无比灭绝人性的命令，它的执行者事实上也是在

---

① Hannah Arendt. Eichman in Jeryselem：A Report on the Banality of Evil ［M］. New York：Viking，1965：54.

一个罪恶的体制内工作着，默认了该制度的种种不道德。执行者所具有的只是一种平凡、平庸的罪恶。

对艾希曼的这一审判以及所引发的大讨论，不仅具有它独特的历史意义，而且宣告了二战文学新阶段的到来。这时，出生于战争中的 20 世纪 30 年代的作家登上了文坛，他们肩负着以一种新的方式来讲述二战的使命。这一新的方式有三方面的含义：一是指他们在战争中的经历必然是不同于上一代作家的，所以他们会从一个新的剖面来讲述战争；二是由于他们的不同经历，他们会表达出不同于前者的对于战争的看法，这也会反映到他们的作品中；三是他们同时也在进行对于写作形式的探索，想要以一种新的叙述方式来进行写作。这一时期的作品超越了 20 世纪 40 年代作品证据证言的表现形式，进行了种种形式上的实验与内心表达的探索。

20 世纪 80 年代以来，世界格局发生了重大的改变。柏林墙的倒塌，东欧政局的剧变，苏联的解体，这一切都给这一时代的思想带来了变化。世界从此不再是两极分化，非黑即白。消失许久的针砭时弊的艺术作品重新出现，秘密出版社消失了，包含异见的文学作品不再秘密传播。创作这些作品的曾经流亡国外的作家也回到他们的祖国，甚至身居要职。随之而来的是曾经被压抑的记忆再度被激活，这段集体记忆似乎被重新发掘出来。很多的作家在此基础上进行了对过去的重写，例如在罗马尼亚、波兰、乌克兰、匈牙利等国家。从 20 世纪 80 年代末开始，众多的历史学家与社会学家开始把研究的重点放在第二次世界大战的历史上，尤其是犹太人大屠杀的历史。在被掩盖了 50 多年之后，犹太人的身份认同与这种身份曾经被摧毁的有关历史，终于渐渐地重新找到了位置。在文学方面，作者们则尝试通过一种混合的表现形式来与已被磨灭的历史重新建立联系，这种形式介于虚构小说、自传和社会调查之间。

自身的身份认同问题和并不为战后一代所熟知的战争中罪行的重新发掘，构成了一种特殊的文化背景。仿佛在东欧解体之后，关于二战的创伤性回忆才终于度过了被压抑的否认期，再度回到人们的生活中，并以一种创伤性的方式产生影响。而这一回忆是整个时代的集体回忆，这一时代作家的创作受到了这一回忆很大的影响，即便是从未在东欧地区生活过的作家，也在这一潮流下，尝试着去探索那段过去。

德国作家温弗里德·格奥尔格·泽巴尔德（Winfried Georg Sebald）就是

这些作家的一个典型代表，他从小在德国的一个天主教家庭中长大，而他的创作很多便是源于过去的回忆，讲述战后一代对于战争这一过去的追寻与上一代人对此的逃避，等等，他唯一一部长篇小说《奥斯特里茨》（*Austerlitz*）便讲述了主人公在虚虚实实的战争回忆中对于自己母亲的寻找。

　　这一时代的欧洲社会中充满了各种信息，各种身份认同，以及各种不同角度、不同时间段的对过去的见证，不同角度的对于战争的回忆。而泽巴尔德面对这许多的回忆充满了辩证的思考，他的作品表现了在多层次的纷乱的过去时代，那些被历史抛弃的普通人的命运。可以说，其作品充满了回忆、命运与身份这几个主题，反映出这个时代人们的普遍精神状态：那就是一种人生的有限性、虚空和消失的感觉。他最有影响力的作品，出版于 1992 年的《异乡人》（*Die Ausgewanderten*）讲述了四个流落在外的犹太人的故事，表现了过去的创伤性回忆带给人的影响这个主题。泽巴尔德笔下的现实世界并不稳定，它还有一个混乱的过去，以及一个不确定的将来。记录那些弱者，那些被遗忘、被迫害的普通人在战时的生活是他的使命。尤其是对于那些欧洲的新移民、被迫害的犹太人来说，在泽巴尔德的作品中他们找到了自己的声音，这个一直以来被官方历史遗忘的声音。他们在现实生活中的困扰，对于过去的不可摆脱，构成了他们独有的状态。而对于作者泽巴尔德自己来说，他本人也是深受过去影响的人群中的一分子。他在 24 岁时离开出生地德国来到英国继续生活。在那之前他在一个爱国的天主教家庭中生活，但是他对于犹太人这一族群在德国的消失又具有强烈的兴趣。这一兴趣也成了他日后创作的主题。而在英国的新生活并没有冲淡他过去的想法，反而让他在二者之间找到了一种模糊的联系。事实上，这一模糊的联系连接了很多人。可以说，战后一代普遍都对无法选择过去而感到无奈，却也深深为之吸引，尤其是那些犹太族裔的后代和战争后转换环境生活的新移民。

　　进入 21 世纪以来，有不少后记忆文学作品以它们充满争议的内容占领了人们的视线，例如美国人乔纳森·利特尔用法语写作的《复仇女神》（2006）和法国作家雅尼克·阿奈尔的《扬·卡尔斯基》（2009）。而 2017 年最具分量的龚古尔文学奖被授予给埃里克·维亚尔（Eric Vuillard）的《日程》，一部描写二战时期德国的作品。而雷诺多文学奖则花落奥利维埃·古埃（Olivier Guez）的《约瑟夫·门格勒的消失》（*La disparition de Josef Mengele*），该作品讲述的则是被称为"死亡天使"的德国纳粹军官的事迹。

这些作品的出现标志着战后一代将战争当成了一个进行各种实验的场所，叙述了在过去战争环境下可能发生的各种情况。他们讲述的内容虽是虚构的，但事实上我们并不能否认某些情况存在的可能性。如果说对于前人作家来说，二战尤其是大屠杀还是一个需要谨慎处理的话题的话，那对于战后一代来说，他们已经能够将之当作原材料，在此基础上进行随心所欲的创作。对于战争的描述已经从历史证言彻底转变成历史的文学解读。并没有经历过战争的战后一代作家，追寻着过去丝丝缕缕的线索进行创作，而真正确定他们创作方向的实际上是他们本身所具有的现实社会文化背景。

　　战后一代作家对于过去更为自由的解读带来了极大的争议，例如《扬·卡尔斯基》中所表现出来的盟军对于纳粹德国大屠杀的放任态度，这让人思考是否盟军也可以算作是大屠杀的帮凶。而《复仇女神》中不仅表达了德国军人与我们一样也是普通人，而且进一步表现出事实上我们每个人都是怪物，都有一种潜在的杀人倾向，这让人毛骨悚然。作者将汉娜·阿伦特的"平庸的恶"用小说的形式演示了出来，似乎屠杀的本能是一种人类普遍拥有的本性。然而这些新一代的作家并没有发掘出有关过去的新证据来证明他们作品中的假设。他们只是在历史学家已收集到的、存在于公众视野下许多年的材料的基础上，进行了一系列合理的假设与推测。可以说，战后一代作家是戴着有色眼镜对过去进行了重新解读。所以我们在一定程度上可以说，这些作品是将当下世界投射到了过去，带着现实社会中的问题回到过去寻找答案。

　　战后一代作家这种基于大量史料、调查与幸存者证言而进行的创作与虚构，常常让公众误读了其作为文学作品的本质。事实上作家们也对此有不同的看法，德国作家汉斯·马格努斯·恩岑斯贝格尔（Hans Magnus Enzensberger）就认为，他自己的作品虽然绝不是一部小说，这一作品也远不具有科学性的意图。可见后记忆文学成为一种介于文学与史料之间的一种新的存在。而且这类文学作品的出现常常会反过来引起历史学家的思考。例如波兰女作家阿加塔·特辛斯卡（Agata Tuszynska）的作品《一个关于恐惧的家族故事》（*Une histoire familiale de la peur*），让整个年轻一代的波兰历史学家重新审视了 20 世纪之中波兰人和犹太人之间的关系。有些作品甚至带有强烈的政治倾向，例如雅尼克·阿奈尔的《扬·卡尔斯基》，表达了在 21 世纪初困扰左派知识分子的疑问。

　　后记忆文学作品在美学与道德层面上的探索进入了一个全新的阶段，这一阶段的标志就是建立一个完全虚构的过去并与之产生互动。这一变化也可以从战争文学作品作者身份的演变看出端倪,从亲身经历过迫害的目击证人(例如普利莫),到出生于战争时期的"被隐藏的孩子"(例如乔治·贝雷克),再到身处执行"最终解决方案"的族群的非犹太作家(例如泽巴尔德),以及战后出生的来自受害者族群后代的作家(例如乔纳森·利特尔),等等。战争文学作品的创作手法,也从纪实类文学走向了对于过去的大胆虚构与对话。而这些作品带给读者的感受也从了解过去的真相,变成了站在现在的角度回望过去并提出疑问。

新的由战后一代所创作的后记忆文学,通过一种更为现代的方式表现了一段不仅只关乎犹太人,更是全人类遗产的历史;表达了这种将作者和读者本身与人类共有的过去所连接起来的情感;完成了战后一代铭记过去的使命。后记忆文学作品更倾向于通过各种隐喻、象征的手法来表达现在与过去之间的关系。后记忆文学不仅仅局限于讲述过去,它将当下的问题投射到过去,并试图在其中找到解决问题的启示。同时它以现在的观点来重新解读过去,从而对历史提出疑问。后记忆文学将过去的创伤事件作为汲取前进动力的源泉,作为思考人性的试验场,它是一场充满丰富想象、情感与推理的现在与过去之间的对话。后记忆文学本身就体现了战后一代走出战争创伤的过程,也是战后一代跨越战争创伤的证明。

第二节　后记忆文学的特点

战后一代虽然没有亲身经历过战争,但是他们所拥有的后记忆表现出主体对于创伤性事件的强烈情感,受到这种强烈的、个人的、家庭情感的影响,近年来出现了很多由战后一代所创作的文学或艺术作品。例如,据佩斯亚历山大·特热维克(Alexandre Prstojevic)的统计,在过去的四十多年里出现了四百多部表现跨代际创伤的文学作品。这些作品本身就是一种跨代际创伤的表现。在这些作品中所体现出来的战后一代与父辈创伤性过去之间的特殊关系,使得这些作品独具风格,在战后一代中得到了广泛的认可。可以说后记忆文学的创作过程是在跨代际创伤的影响下进行的,但同时它对战争创伤的修通起到了重要作用。

后记忆文学的描述对象常常是一种过去原始创伤性事件和当下相似事件

的混合体。在后记忆文学中我们可以看到创伤后遗症的痕迹，创伤的症状以文学的形式被表现出来。战后一代以他们私人化的、充满感情的观点来表现创伤，也正因为如此，后记忆文学给了我们一个回忆创伤性事件并以一种充满感情却保持距离的眼光重新审视战争和历史的机会。

一、后记忆文学的书写对象

首先，战后一代没有亲身经历过战争，但是由于其父辈在战争中受到了极大的创伤，过去的战争变成了战后一代家族历史中不可分割的一部分。战后一代具有受害者、幸存者后代的身份认同。他们对于过去的战争有着一种强烈的情感，这是一种与生俱来的联系，并由父辈的讲述以及社会广泛传播的历史、文学、影像作品等不断加深。他们对父辈所经历的战争充满了探究的欲望，他们希望知晓父辈在战争中经历了怎样的创伤，是什么样的创伤使父辈至今还在为其所困并影响到战后一代的生活。所以，过去的创伤性事件是后记忆文学的第一个书写对象。

其次，在他们身处的时代，也有战乱发生，也有不断发生的社会冲突、恐怖袭击。这一切在所谓和平年代的类似战争的元素，给了他们一种似乎在重历父辈历史的感觉，这唤起了他们所具有的身份认同，以及他们血液当中战争所造成的创伤的遗留物。这让他们关注现实生活中的有关事件，并下意识地将这些事件与父辈所经历的原始创伤事件连接起来。于是，现实社会中的战乱或冲突是后记忆文学的第二个书写对象。

最后，现实生活中的各种冲突，对于战后一代来说是他们第一次接触此类事件，但他们感到了这些事件与父辈经历之间的联系。于是他们求助于父辈，求助于过去的创伤经历来理解、消化现实中给他们带来极大冲击的事件。他们借助父辈在过去事件中的经验来应对现实中给他们带来困惑的事件。同时他们也用现在的眼光重新看待父辈的经历，用另一种方式使父辈走出过去的创伤，也使战后一代本身摆脱过去创伤带来的阴影，接受和理解新的创伤性事件，并保有着在未来不再遭受新的创伤的希望，修通过去、现在和未来之间的桥梁，使得过去的创伤与现在的情势做一个有益的交流与对话，使得未来的发展有一个更好的方向。所以对于创伤的跨越是后记忆文学所探讨的第三个对象。

因此，后记忆文学通常以一个过去和现在的混合体作为描述的对象，有时甚至会加入未来的元素。例如在小说《法兰西兵法》中，作品主要分为两个部分：一部分由老兵萨拉尼翁讲述他所经历的长达二十年的战争：第二次世界大战、印度支那战争与阿尔及利亚战争；另一部分由小说叙述人"我"讲述现实生活中的感受，"我"在电视上看到海湾战争的画面，看到炮弹轰炸的画面，以及实时更新的死亡人数。在"我"的身边，移民冲突似乎一触即发，社会各阶层之间的矛盾也似乎愈演愈烈。这样的现实可以被看作战争后遗症的一种具体表现，而战后一代就生活在这样一个混乱而充满冲突的环境中，亲身感受着一种充满过去创伤而又填满现实矛盾的当下。"我"跟萨拉尼翁学习画画，同时请教他关于战争的往事。事实上，"我"是战后一代的一个代表，或者说一个象征，"我"是一个具有这一代人特点的集合。战后一代模糊地感受到来自现实生活的战争残存元素，并感到这与父辈所经历的过去息息相关。他们心中有一种难以言传的强烈情感，他们需要寻求一个出口或是解决方法。而在《法兰西兵法》中，"我"求助于萨拉尼翁，战后一代求助于父辈，希望父辈过去的经历可以为他们迷茫的现在提供一盏指路明灯。而宏观地来看，这似乎也预示着，整个人类只有铭记过去的经验教训，才能真正摆脱阴影，拥有一个踏实美好的现在。战后一代只有了解父辈创伤的过去，才能更好地应对现在。

在小说《妖魔的狂笑》中，小说的时间跨度更是从二战正在发生的1941年一直延续到未来的2037年。小说从父辈们在战争中的可怕经历、讲述到刚刚恢复和平期间那似乎一直没有散去的战争阴霾，一直到主人公感叹人生、历史的晚年生活。小说中的人物保罗和克拉拉是在二战刚刚结束、和平似乎还不稳定的氛围中成长起来的，在他们的心中一直有着对战争的疑惑与恐惧。他们在少年时相遇，在各自之后的生活中也一直寻找着可以表达内心中挥之不去的情感的方式。最后保罗成为雕塑家，而克拉拉成为摄影师，他们都通过自己的作品诉说着对于战争所造成创伤的强烈感受。他们都在追求艺术的道路上，持续揭露战争的可怕面孔，直到生命的最后一刻。克拉拉死于战场之上，临死时还在拍着照片，而保罗在死之前还在给人讲述着关于《克罗东的米洛》——人类最后的战役的故事。

充满创伤的过去与绵延着创伤影响的现在，糅合在一起构成了后记忆文学的讲述对象。正是因为战后一代在当下的生活也感到了战争创伤性事件所带来的挥之不去的影响，所以才产生了后记忆文学，因此，这样一个混合体既是后记忆文学的描述对象，又是它所产生的原因与土壤。

二、后记忆文学的主题

寻找是后记忆文学中常常出现的主题，至于寻找的目标则包括战后一代自己的身份、父辈的经历、母亲的缺席、事件的真相、跨越创伤的方法等等要素。对自己身份的模糊意识，常常导致战后一代的迷茫，因此对于身份的找寻也就成为后记忆文学的一大特色主题。

帕特里克·莫迪亚诺的几乎所有作品都有一个共同的主题，那就是对于身份的迷茫与寻找。以《夜巡》为例，主人公出于偶然的原因，同时在德国与法国的情报组织做双面间谍，然而实际上他并不热衷于出卖自己的同胞，也不为爱国主义而疯狂，只是在这样的情况下维持生活。逐渐地，他对这样的生活感到迷茫，对自己究竟是好人还是坏人感到困惑，最后他选择了自我揭发作为结束。《夜巡》的法语原名为 *La ronde de la nuit*，名词 ronde 在法语中通常表示一个圆圈，小说主人公每天所做的事，一直以来的追寻，实际上都是围绕着一个圆圈在行进，总是从起点回到原点，所有的疑问都没有得到解答：

> "每天的生活其实就好比一个圆，我们每时每刻都在这个圈上不停地在向前奔走，总以为前方会有新东西，但最终发现，其实前方出现的永远都是曾经出现并走过的路。但是我们已经不能回头。"
>
> "我们沿着这条巴黎的环城大道转悠。……五十多年来，只有那只大钟一直指着同一时刻。"①

正如圆形的表盘象征着我们的生活一直在前进，但是又一直在原地踏步，对于自己身份的困惑、寻找但又不得要领，始终困扰着主人公。小说里的故事发生在二战时法国被占领期间，看似是在讲述父辈的故事，事实上是战后一代把对于自己身份认同的疑惑反过来投射到过去寻找答案。我们的父辈在历史上是好人还是坏人，在战争这个极端环境之下，是否真的有一个明显的分界？战后一代应该如何来认识自己的身份？他们究竟是刽子手的后代还是

---

① 帕特里克·莫迪亚诺. 夜巡 [M]. 张国庆, 译. 北京：人民文学出版社, 2015：42.

受害者的子嗣？是否在一切的思考与追寻过后，我们依然走在一个圆圈上没有答案？在莫迪亚诺的一系列作品中，往往都会出现不停更换身份，或一直在寻找身份的主人公。这表现了战后一代在现实生活中的迷茫，各种身份的外衣都掩盖不了对于自己真正身份认同的无所适从和迷茫。这事实上来自对父辈过去了解的缺失：一个个体需要了解家族的历史，继而获得家族身份的认同，从而完成自我认同。

因此，战后一代对于自己身份的寻找与对于父辈经历的寻找是合为一体的。父辈经历的确认会帮助战后一代找到自己的身份，找到答案。正如《法兰西兵法》中作为战后一代代表的"我"，在现实生活中感到来自各方面的不解与迷茫，甚至做出别人无法理解的行为。事实上，面对现实生活中各种类战争元素的出现，以及发生在世界别处的战争，战后一代感到的这种不可言说的内心的悸动与彷徨来自面对同样事件的压力。事实上他们很想要了解真正经历过战争的父辈的过去，以及其内心感受。战后一代想要了解父辈是如何看待战争的，以及他们是如何走出战争的创伤重新拥抱生活的。战后一代想要从父辈这里获得家族的历史，身份的认同，跨越创伤经验用以打造自己的身份认同，确认自己在历史中的位置，应对战争后遗症的影响。《法兰西兵法》中，叙述者"我"在跟老兵萨拉尼翁学画画，了解他在战争中的经历之后，从中学到了很多，理解了父辈的创伤，也找到了生活的真谛，进而明确了自己生活的方向。

而南希·休斯敦（Nancy Huston）的小说《断线》，更是一部跨越四代人的家族史。该作品采取倒叙的方式，先把第四代的生活呈现出来，其中也稍稍展现了上几代人现在的状态，似乎是给了读者一个谜面。然后，在后续几章的逐渐展开中，伴随着每一代人童年时的讲述，读者慢慢地了解到这个家族的历史。然而，追寻到最后，曾祖母谜一样的身世始终没有完全打开。她是被德国军官收养的乌克兰孩子，亲生父母早已经无从追溯，战后又被加拿大的一对夫妇领养。她对于这段童年时在德国的经历从未提起，但这段被隐瞒了的创伤经历依然影响了她的后代。尽管她从未说起，尽管她当它从未发生，但是，回溯整个家族的历史到最初的时候，有一些谜团还是被解开了。战争给人类造成了创伤，不仅影响了经历战争的这一代人，而且影响了他们的后代。曾祖母对自己儿时的经历绝口不提，祖母却执着于二战时犹太人遭到种族大屠杀的历史，而爸爸童年时在以色列与阿拉伯女孩的接触给他的一生留下烙印，成人之后又为制造奔赴战场的机器人编程。这一家人的经历都浸泡在战争的余味之中。而且这一家族在历史的长河中，正像一根找不到头的断线，无法将它自己的历史回溯到根源。但不可否认的是，正是战争造成了这一段断线，并对这根线上的每一部分造成了不可改变的深重影响，留下了难以跨越的创伤。

战后一代修通跨代际创伤的关键就在于理清与父辈的关系，这也是后记忆文学之所以关注父辈经历的原因。了解父辈的过去，才能够理解父辈的创伤，才能明确父辈在历史中的位置，理解战争给后代带来的影响。一如《美国佬》中一直对家人实施家暴的父亲，事实上是因为受到战争的创伤才导致了他性格与行为的错乱；然而"我"在成长之中铭记在心的只有他的暴力，却不了解暴力背后的原因。如果"我"更早地了解父亲在诺曼底登陆时踩着同伴的尸体活下来的经历，也许可以更为理解他，甚至也许可以帮助他走出创伤。

后记忆文学还有一个常见的主题，那便是对缺席母亲的寻找，或者说是将对父辈经历的找寻蕴含在对缺席母性形象的找寻当中。在小说《奥斯特里茨》（*Austerlitz*）中，从小被人收养的主人公一直追寻着生母的足迹，希望可以找到她。他最后锁定，母亲曾出现在纳粹的宣传电影中。在长时间一帧一帧研究影片之后，他真的在影片中找到一个模糊的女性形象，而他认为这就是他的母亲。作品中甚至还展示了一张模糊的电影画面的照片。这样一个对于普通人来说过于模糊的影像，可以看作是主人公对于母亲形象的强烈追求。然而照片中的女士所佩戴的项链只有两条细链，并非主人公所描述的有三条，但他还是认定这是自己的母亲。这也从另一方面展示了，这样的一种与母亲的强烈关联，事实上很大程度上都是依靠情感联系的。而这样一条具有强烈情感的母性纽带，象征着战后一代和父辈的过去之间的连接是必然而不可分割的。因为对母亲的情感是人类与生俱来的，用这样的一种情感来象征战后一代的后记忆，也表现了战后一代所具有的跨代际创伤，与最原始的对母亲的情感一样，是与生俱来而不可选择的。

战后一代的迷茫被反映到对父辈过去的追寻中，然而追寻并不一定都会带来完满的结果，尤其是在战争中找寻过去，创伤的过去常常是残缺的、不完整的，但这就是真相。这也就涉及另外一个后记忆文学的主题，即对于真相的追寻。真相是否存在，它是会帮助人还是伤害人，我们是否能够凭着蛛丝马迹对久远的过去进行追寻，找到真相？小说《灰色的灵魂》中，主人公对案件真相竭尽全力地找寻，最后却发现，事情真相也许并非如他所想，也并非为线索所指，最后他崩溃自杀了。对于真相近乎执拗的追寻，使他失去了很多，包括自己的亲人，所以他更加把自己的一切全都压在这一真相之上。而事实上，他忽略了，在对真相寻求的过程中，结果并不是首要的，而是通过这一过程成为一个更好的自己，这才是最重要的。自己本身是黑暗的，却想要通过寻找真相来获得一盏明灯照亮自己，这本来就是不可行的——只有自己发出光亮，才知道前路在何方，才不会被所谓的真相击败，才不会在窥见真相的可怕面孔时一蹶不振。

《复仇女神》这部小说一出现，便引起了人们很大的争议。原因在于作者以一个德国党卫军军官的角度讲述了二战中的骇人事件，尤其是对犹太人的大屠杀。而作者也给我们提出一个疑问，如果你处在这个位置，你会做出同样的事吗？所谓人性的恶与"平庸的恶"的区别究竟是什么？我们所做的一切是否只因为当时在这样一个位置上，而并不是因为人性本身的恶？作者的一个个推论似乎很符合逻辑。然而读者扪心自问，会不寒而栗：我们是否也会成为屠夫？这样的可能性，这样的真相确实振聋发聩。然而，事实往往就是如此，一旦我们站到事件中的对立面去思考，我们似乎就可以理解更多，因为真相不可能只出自一方之口。

在小说《布罗岱克的报告》中，主人公与小镇人实际上在事件调查之初都想要遗忘过去，装作什么都没有发生，继续以前的生活。因为：

> "事实真相，它可能斩断人的双手，留下的伤口可能让人难以带着它们继续活下去，而我们大多数人所希冀的，只是活下去。活得尽量少些痛苦。这就是人性。"①

但实际上大家心里都清楚发生了什么，选择遗忘并不能减轻心里的罪恶感，并不能掩盖真实内心丑陋的样子，也并不能治愈内心的伤痕。遗忘不会抹杀真相，更不会消除它所带来的痛苦。一如被压抑的创伤性事件的回忆，压抑并不能解决任何问题，反而会导致主体出现抑郁痛苦的症状。只有不再

---

① 菲利普·克洛代尔. 布罗岱克的报告［M］.刘方，译.上海：上海译文出版社，2010：2.

压抑痛苦的回忆，将这种关于创伤过去的情感释放出来，接受并理解这一过去，主体才能够真正地走出创伤，获得探索真相的真谛。

通过后记忆作品的创作，战后一代尝试修通创伤。而战后一代本身距离原始性创伤事件就有一定的距离，这使得他们能够带着今天的眼光更客观、更辩证地看待历史事件，看到战后不论经受了多么大的创伤，整个社会还是整装待发积极发展，看到经历战争的父辈重新回归生活。这一切也使他们更容易从各种创伤性事件的后果中发现某种正面意义。当然他们也更能够感受到战争创伤性事件所带来的绵延而深重的影响，战争不仅仅给每一个个体带来伤害，更是给几代人都留下了永久的烙印，这一点他们自身就有很明显的体验。而这样的经历带给他们创作后记忆作品的动力，而这样的作品正是这一代人用自己的方式纪念父辈的过去，走出战争的创伤，敲响反对战争的警钟。

第四章　后记忆文学与
战争创伤的跨越

　　我们在本章中所选择分析的三部法国文学作品的作者均出生于第二次世界大战（以下简称"二战"，本章下同）之后，因此他们都属于第二次世界大战的战后一代。

　　帮助人们跨越创伤是后记忆文学对于现实的重要意义之一。笔者将会着重分析这三部作品所表现出来的跨越创伤的三个阶段。后记忆文学通过站在当下重新审视过去的方式，从过去的痛苦经历中提炼出对现实生活的新意义，从而使受创者走出创伤。后记忆文学作品在修通战后一代创伤的同时，给了我们看待战争的另一个角度，同时也展示了战争带给人类的绵延的创伤，并以此警醒世人。

战后一代的作家大多都拥有一个与第二次世界大战紧密相关的家族史。这使得他们本身就对于这一段创伤性的过去有一种深刻的情感。再加上现实社会中的种种冲突与矛盾，更使得他们对这一段过去深深着迷。因而，第二次世界大战对于他们来说，就像是一个创作素材的仓库，他们从中汲取创作的灵感。在他们的作品中，表达出了战后一代对于过去的看法，也表现了过去对现实生活的种种启示。战后一代生活在创伤的后遗症之中，这是他们创作的原因。然而反过来，他们的作品也表现了走出创伤的过程，作品本身也帮助人们修通创伤。正是这样，后记忆文学作品为我们提供了一个重新思考历史，人性以及战争创伤给人类带来的持续影响的机会。它像是一个集中了各种经历的实验室，给了我们一个去思考人类命运的空间。

为了能够更好地帮助读者理解笔者所选择的这三部典型的后记忆文学作品，以下笔者将对这三部作品的作者与故事梗概进行简单的介绍。

皮埃尔·贝茹：《妖魔的狂笑》（*Le Rire de l'ogre*）

皮埃尔·贝茹（Pierre Péju, 1946—）出生于里昂的一个书商世家，他本人是作家、德国小说和传说研究专家，艺术评论家。他的主要作品有：《日常生活，莫里斯·纳多》（*La vie courante, Maurice Nadeau*），《小女孩艾娃》（*La petite Chartreuse*），《诞生》（*Naissance*），等等。而皮埃尔的祖父是二战法国被德国占领期间著名的抵抗运动人士埃利·贝茹（Elie Péju）。埃利是抵抗运动组织自由法国（France Liberté）创始人之一。正是依靠他和他的战友们，一系列地下报刊才得以出版，例如《游击队员》（*Franc-Tireur*），《杜歇老爹报》（*Le Père Duchesne*）和《自由画报》（*La Revue Libre*），等等。也许正是祖父在占领时期的经历影响到了皮埃尔，使他创作了《妖魔的狂笑》这部反映战争对战后一代影响的作品。

《妖魔的狂笑》出版于2005年，时值第二次世界大战结束60周年。这部作品获得了法国当年的FNAC小说奖。

小说以一个包含着隐喻的传说开始。传说中，吃人的妖魔在森林中遇到了一个小男孩和一个小女孩，他想活吃他们，却不小心把两个孩子弄死了。通过巫女的拯救，两个孩子活过来并逃脱了险境，却在路上又遇到了骑士、死神和魔鬼，最后夜幕降临。小说的故事开始于1963年，16岁的法国男孩保罗去到德国的笔友家，在德国小镇科勒斯泰因度过了一个夏天。在那里他认识了德国女孩克拉拉。他们两人都背负着经历战争的父辈所留下的沉重包袱，也正是这一相同点让他们感到互相吸引。他们相像，他们互相理解，他们都生活在战争的后遗症之中。他们心中都有着不能言说的痛苦，保罗选择用雕塑来表达自己，克拉拉则一直用摄影来抒发情绪。生命的洪流让他们聚聚散散。整个故事横跨 96 年，从 1941 年父辈在战争中的回忆一直讲述到 2037 年保罗在未来的世界中去世，战争所遗留的痛苦始终萦绕在两个人的生活中。

菲利普·克洛代尔：《布罗岱克的报告》（*Le Rapport de Brodeck*）

菲利普·克洛代尔（Philippe Claudel, 1962—）出生并成长于法国东北部的洛林地区，是大学教师（洛林大学欧洲电影与视觉艺术研究院讲师）、小说家和电影剧本作家。他的主要作品有：《灰色的灵魂》（*Les Ames grises*），《林先生的小孙女》（*La Petite Fille de Monsieur Linh*）和《香味》（*Parfums*），等等。

其中的《灰色的灵魂》，可以被称为是《布罗岱克的报告》的前篇，表现了"追寻真相"这一主题，可以算作克洛代尔最重要的作品。《灰色的灵魂》获得了 2003 年的雷诺多文学奖，并在 2005 年被改编成电影。该小说讲述的是在第一次世界大战期间法国东部的一个小镇上发生的一件凶杀案。十岁小女孩"三色花"的死亡让原本平凡的小镇笼罩上了一层神秘的阴影。警官将嫌疑人锁定为离群索居的检察官。但是由于一个逃兵莫名其妙地认罪，这起案件草草了结。警官并不想放弃，他继续追寻着一系列的线索。然而一封讲述凶手有可能另有其人的陌生人的来信，使得他彻底崩溃。这长久以来对真相的追寻并没有带来一个皆大欢喜的结局，反而在展示所有人灵魂灰色的一面之后，戛然而止。

小说《布罗岱克的报告》曾获得 2007 年的中学生龚古尔奖，该作品也同样讲述了一个在小镇上调查真相的故事。

故事发生在第二次世界大战前后。布罗岱克被指派为镇上刚发生的一起事件的调查人。而在进行这起事件的调查的同时，布罗岱克事实上更是在与自己内心中的火山口做斗争。他自己心中也有一个不愿回想、不愿承认的事件，即当年他在被镇上的居民背叛出卖之后发配到纳粹集中营的经历。事实上，这两起事件并没有什么本质上的不同。随着调查的进行，布罗岱克发现镇上所有的人都在绝对的好与绝对的坏之间徘徊，一切都是灰色的。但这同样的一个灰色的结果，却给主人公带来了不一样的结局，而这也展示了跨越创伤的不同过程。

阿历克西·热尼《法兰西兵法》（*L'Art français de la guerre*）

阿历克西·热尼（Alexis Jenni, 1963—）出生于里昂，是一名中学自然科学教师。他在 2011 年凭借这本小说处女作《法兰西兵法》获得了当年的龚古尔文学奖。

这部小说分为两大部分："阐释"与"小说"。在名为"小说"部分的章节中，老兵萨拉尼翁讲述了他所经历的二十年战争，即第二次世界大战、印度支那战争和阿尔及利亚战争。而在名为"阐释"的评论章节中，叙述者则讲述了他所处的现实生活中所出现的各种战争元素：地区冲突、社会阶层矛盾、移民问题、种族问题，等等。整部小说似乎是一面镜子或一个湖面，一边是现实世界，另一边是历史。作者与叙述者处于这两者之间带着读者来回游走，试图在种种对比和观察下，找到现实生活中的路径，回归自我，回归心灵的家园。

这三部作品表现出了将战争创伤引入意识中，从而达到跨越创伤的三个主要步骤，即回想、迸现和修通。下文中，笔者将分析这三部作品是如何体现回想、迸现和修通这三个阶段的。然而，每部作品都有与它自己的特点相对应的一个相关的阶段。因此在"回想"这个部分，我们会把分析重点放在《法兰西兵法》上；在第二部分"迸现"中，我们将把分析重点放在《妖魔的狂笑》上；而在第三部分"修通"中，我们将把分析重点放在《布罗岱克的报告》上。在第一部分中，我们将重点分析关于战争的回忆以及战争在现实生活中的痕迹。至于第二部分，我们的分析重点是表现创伤回归时所用到的极具象征意义的不同意象。而第三部分，我们则重点分析后记忆文学如何跨越战争创伤，并从创伤性过去中提取积极意义。

第一节　过去与现实之间模糊的界限——跨越创伤之回想（《法兰西兵法》）

关于创伤性事件的回忆，可能会在事件发生后立即被压抑。只有在对这一经历的否认期结束以后，被压抑的记忆才会重新回到事件经历者的脑海中。而事件经历者从这时起才开始真正回想起该事件，这是试图理解该事件、跨越创伤的第一步。而关于战争的回忆，对于战后一代来说是父辈、家族历史上很重要的一部分，了解这一回忆，也是他们理解父辈，修通他们自己跨代际创伤的重要开端。回忆，这一跨越创伤的开端，在后记忆文学中被表现为过去与现在之间混淆的界限，以及对父辈经历的逐步了解。

一、关于战争的记忆

在《法兰西兵法》中，很清楚地存在"小说"（即萨拉尼翁的故事叙述）与"阐释"，即对过去与现在的评论两个部分，并分别象征着过去和现在。

事实上，整部作品正是一个过去与现在的综合体。没有在"小说"部分中对过去的讲述，对过去创伤经历的回忆，我们就无法明白在"阐释"部分中发生的讲述者现实生活中的变化。而没有在"阐释"部分所表现出来的过去战争留在当下生活中的阴影，我们就无法明白了解过去战争中的经历对于解决当下生活中的困惑有多重要。

小说中，讲述者"我"事实上就是战后一代的典型代表。这一点在小说中有明确的表示，当萨拉尼翁谈到，他所经历的二十年战争结束于 1962 年，这时候，"我"回答道："我出生在这之后。"而对于"我"的其他家庭背景，除了老家在里昂之外则没有清楚的介绍。于是，实际上，"我"就是广义上的战后一代。

由于电视和电影媒体的发展，战后一代人自动地或者说被迫地接受当下发生在世界其他角落战争的信息。在电视上，他们看到战争众多的细节：死亡的人数，整个爆炸的过程，飞机运载着导弹出发作战。当然还有让"我"印象最深刻的一幕，那就是法国的轻骑兵出发去参加海湾战争。时隔三十多年之后，法国再次被卷入战争之中，那些年轻的法国小伙子出发去往远方参战。而在这三十多年中，人们试图遗忘法国的军队，仿佛战争从未发生过。

年轻士兵的再次出发让战后一代联想到他们父辈所经历的战争。他们感到战争这一传说中的可怕怪物真实存在着，而且离他们并不远。

　　　　"世界突然转动了一下，我惊跳起来。"①

　　这就是战后一代的普遍感受：他们的生活还在继续，似乎并未受到战争的影响，但是他们感到困惑。他们对于平静甚至平庸却又充满冲突的生活感到困惑，同时对战争是否真的发生感到困惑，实际上他们的生活受到了仿佛没有发生过的战争的影响。那么远方发生的战争与他们当下的生活有关系吗？父辈所经历的战争又究竟是怎样的呢？人们需要承认这些战争真实地发生了甚至还在发生着。否定曾经发生的战争是不可行的。

　　　　"因为最可怕、最具毁灭力的灾难乃是这样的一种：人们没有注意到
　　　的缺席。"②

　　我们必须承认战争的存在，并对其进行了解才能治愈过去的战争留给今天的伤痛，才能预见今天的战争会带给明天的伤痛。
　　发生在现在的战争，战胜方掌握着历史的讲述权，在电视媒体的报道中，这一方的死伤人数精确到个位，而战败方的死伤人数则无人关心。战胜方的每一个死去的人都被记录下名字，会有人纪念他们。而战败方死去的人似乎都不算数：

　　　　"我们轻松地看到几乎所有人又都回来了，就忘记了所有那些死者，
　　　仿佛战争真的没有发生过。"③

　　然而战争真实地发生了！现代战争弱化了战争的可怕面孔，掩盖了它谋杀的本质。当我们只看着远方战争的画面，默数着战胜方的伤亡人数，我们就忽视了战争的真相——杀人。而回想起父辈的战争，找到战争的真相，才

　　① 阿历克西·热尼. 法兰西兵法 [M]. 余中先，译. 南京：译林出版社，2015：7.
　　② 阿历克西·热尼. 法兰西兵法 [M]. 余中先，译. 南京：译林出版社，2015：14.
　　③ 阿历克西·热尼. 法兰西兵法 [M]. 余中先，译. 南京：译林出版社，2015：15.

能明白战争给人类的生活带来了什么。我们生活在一个异化的世界，战争甚至都戴起面具，战后一代不再了解真正的战争，那个血淋淋的战争。只有揭下现代战争的面纱，将战争的本来面目示人，才能明白今日生活中依然存在的过去战争的影响，才能警示今人。

这一关于战争双方死伤人数的真相，让小说中的叙述者"我"想起曾担任阿尔及尔警察局秘书长的保尔·泰岑。在第二次世界大战中，他曾是法国抵抗运动的战士，而在阿尔及利亚战争开始之初，他记录下每一个被抓起来讯问的阿拉伯人的名字。他固执地记录着每一个失踪的、死去的人。这一点在现代战争的对比下是多么的宝贵，这些被记录下来的死者并没有消失，这使得"当让人痛苦的、受损的肉体消失后，他们的灵魂留了下来，没有变成一个幽灵。"[①] 这让我们记得每一个在战争中消失的人，记得战争。

在"我"第一次看到萨拉尼翁，得知他经历过印度支那战争之后，当天，"我"便做了一个关于"我们"在战争中的梦。这个"我们"并不是特定的人，只是在梦中的感觉，"我"是一群人中的一个。"我们"在梦中经历被敌人包围，拯救"我们"的"是那位始终站在那里却又不带武器的瘦军官"。"我们"是一个群体，象征着战后一代，他们对于父辈所经历过的战争充满好奇，对于战争这一在当下依然发生着的人间惨剧充满了疑问。他们渴望知道战争的真相，希望能够从经历战争的父辈那里了解到——在战争中究竟发生了什么，战争改变了什么。或者说他们感到似乎与父辈一起感同身受地经历了战争，但是又并不知晓战争之真相，"我们"讲同一种语言，"我们"都是法国人，"我们"生活在一起，有什么比不了解身边的人更可怕呢？所以对于战后一代来讲，不应该逃避或否认父辈的经历，而是应该去了解。

但事实情况往往相反，战争一结束，"人们立即就假装什么都没发生过"。[②]，甚至厌恶谈到军队。战争像是一个可怕的怪兽，所有的人都知道它存在，却都尽力不谈论，不敢看它的丑恶面孔。仿佛不谈论不去看，我们就会保持安全，而这就够了。而另一方面，怪兽却继续在吃人，远方的人们依然承受着战争的伤痛。而战后一代不明白为什么人们对战争讳莫如深，他们感到某种不可言说的战争遗留的深刻影响，却又不明白这其中具体的原因与联系。战争对他们的生活造成影响，让他们感到困惑，并产生一种难以表达的

---

① 阿历克西·热尼. 法兰西兵法 [M]. 余中先，译. 南京：译林出版社，2015：19.
② 阿历克西·热尼. 法兰西兵法 [M]. 余中先，译. 南京：译林出版社，2015：32.

痛苦。萨拉尼翁的一席话道出了战争对战后生活影响的真谛：

> "战争后的寂静始终还是战争。人们无法忘记本想竭力忘记的，这就
> 像有人要求你不去想一头大象。即便出生在战后，你还是成长在种种战
> 争符号中。瞧瞧，我确信，你憎恶军队，而又对它一无所知。这就是我
> 说的符号之一：一种神秘的憎恶在传播，而人们却不知道它从何而
> 来。"①

战后一代在战争的符号中成长，却又似乎并不了解这些符号背后的意义。
他们不了解父辈所经历的那段历史，但是他们知道父辈们就是这一段历史，
他们知道关于现在生活疑惑的解答可能就在这一段历史中。终于有一天他们
推开了这道曾无数次经过的门，打开了一个尘封的箱子，发现了一直存在于
自己生命中的秘密——父辈的战争一直都没有结束，它还在悄无声息地影响
着他们的生活。

老兵萨拉尼翁的腰还是会不时地疼，这一在平常会被忽略的疼痛，常常
会出其不意地突然发作，向萨拉尼翁提醒它的存在。就像关于战争的回忆，
当他以为曾经发生的事情已经被遗忘时，回忆就会回来提醒他，一切都曾实
实在在地发生过，而且直到今天发生在那里的事还在某处继续发生着。一直
不离身地跟随萨拉尼翁的银质菩萨小挂像，就始终在提醒着他那次不存在的
死亡。萨拉尼翁在无数人都送命了的战争中幸存了下来，但他依然在战争中
经历了自己一部分的死亡，或者说自己的一次死亡。而这次死亡改变了他，
也照亮了他回归生活的道路。

那么，战争在什么时候会真的结束呢？萨拉尼翁在最后一次与他的舅舅
见面时，谈到了这个问题。舅舅说到，战争的终结正如荷马长诗《奥德赛》
中写到的那样：

> "尤利西斯得把一根滑溜溜的战船之桨扛在肩上，重新出发。只有当
> 他来到那样一个地方，人们问他为何而来，为何他的肩上扛了一把铁锹
> 时，只有当他走得相当远，人们对一柄战船之桨不再有什么概念时，他

---

① 阿历克西·热尼．法兰西兵法 [M]．余中先，译．南京：译林出版社，2015：32.

才可以停下来，把桨插在土里，像种栽一棵树，然后回家，平静地走向
老死。"①

只有当人们对战争中所使用的武器不再有概念，完全不知道其为何物时，
战争才真正结束了。只有所有人都不再杀戮，遗忘了战争时，人们才能真正
回归生活。

而今，当年轻的"我"看到老兵家中的割脖刀而不知其为何物时，似乎
正代表着战争的结束。割脖刀这一专用于近身肉搏，制敌人于死命的武器，
是关于战争的记忆的象征。这一小小的物件承载着的却是战争的本质——杀
人。如《奥德赛》中所说的，当我们不再认识杀人的工具，那战争就结束了。
但我们都知道，战争的影响还在继续，如果不是因为以"我"为代表的战后
一代依然处在战争的阴影中，潜移默化受到它的影响与蛊惑的话，"我"也不
会向萨拉尼翁请教，战后一代也不会把解答他们生活中疑问的希望放在经历
战争的父辈身上。战争会结束，但战争的影响却会一直绵延下去，而关于战
争的回忆则被记录被传达，它教会我们如何跨越战争带来的伤害，学会如何
更好地生活。

二、战争在现实生活中的阴影

（一）电影、电视中的战争

当代的许多电影、文学作品都以父辈的战争为主题，这些艺术作品向现
在的观众讲述过去的战争。而在这些作品中，如今的观众们看到以往战争的
各个方面，看到战争中的机枪扫射和飞机轰炸，看到在参战两方之间血淋淋
的残杀，看到他们之间兄弟般的情谊，也看到有人记录下每个伤亡人士的名
字，即便那只是官方人士并不在意的一个数字。

在电视报道中，观众们了解到现实世界中远方战争的最新进展，伤亡人
数。这一场战争和他们当下的生活发生在同一个时空，离他们是这样的近，
又是那样的远。战争从未远离，它持续带给人们影响。这有时是非常具体的，
比如"我"的公司因为战争而裁员，但有时又是十分难以言说的，比如
"我"懂得了记录下每一个在战争中死去的人的名字的重要性，但发生在现实

---

① 阿历克西·热尼．法兰西兵法［M］．余中先，译．南京：译林出版社，2015：518

世界里的战争，那些在电视中出现的数字，又让"我"感到迷茫。

在萨拉尼翁给"我"讲述了他的二十年战争之后，"我"和"我"心爱的女人一起去看了刚刚解禁的电影《阿尔及尔战役》。而"我"感到了一种电影中没有表现出来的焦虑。电影里用一辆俄罗斯的坦克代替了法国的坦克，而除了"我"注意到这一点之外，观众们全都没发现。正是这一细节出卖了整个电影，这毕竟是一个虚假的重现，而不是真相。影片中没有提到那些在几个星期里就全部撤走的"黑脚"①，也没有提到那些反人性的折磨与逼供。电影给了我们一个了解父辈经历的机会，但是我们却永远无法通过电影知道事情的真相，因为那本身就不是真相。真相要远比电影更残酷。

（二）现实生活中的战争与血腥

在小说《法兰西兵法》中，战后一代"我"这样认识到：

> "我们依然还是西徐亚人的骑兵。工作就是战争，职业是一种暴力的操练，家是一个堡垒，而女人是一个缴获，扔到马背上，带回来。"②

现实生活何尝不是一场战争。现代社会中的每一个个体，都在钢筋水泥筑成的丛林里为自己的生存而拼搏。失去工作的人，将失去一切，房子、女人。这种争夺的残酷程度，不亚于真的战争，二者同样都只是为了生存下去。而这生存有时就必须以牺牲别人为代价。

勒·克莱齐奥的作品《战争》就将这种现代社会中的战争描写得淋漓尽致。世界就是物质的铺陈，欲望的宣泄。战争发生在物质之中，发生在漫漫无垠的时间和空间之中，发生在人类无尽的精神世界之中。女主人公在城市里的闲逛为读者展开一幅画卷，其上展现的是空泛而繁多的物质。物质入侵了人类的生活，人们被淹没在这场现代社会的战争中：

> "物质！物质！闪闪发光、温和、脆弱、易燃，宛若烟云。红色的、黑色的，深色的，现在是它们在思考，是它们创造了历史、宗教和科

---

① 黑脚，法语为 Pieds-Noirs，指的是在阿尔及利亚生活的法国及其他欧洲国家的居民以及他们的后代。

② 阿历克西·热尼. 法兰西兵法 [M]. 余中先，译. 南京：译林出版社，2015：91.

学。"①

　　它们几乎赢得了这场战争，它们把人性、美好、自然"藏了起来：太阳、鱼、风、大海、森林和沙漠"。② 人类与真实自我之间的通路上被堆满了物质，这入侵者阻断了人们与自己内心的交流。现实社会中的每个个体都变成了一场小型战争的发动者，"和别人一样成了一台机器，杀戮，抢劫和摧毁"。③

　　《法兰西兵法》中表现的现代消费社会也是这样，一切似乎都被工业化地处理了，肉类被机器切成小方块，如果没有标签，消费者甚至不能判断肉的种类。肉类那血腥的处理场景被掩去了，我们看到的是无声的工业化的处理过程。一切的气味、声响我们全都感受不到。屠宰牲口以获得肉食，这就像现代战争一样。对战争，我们能看到的只是电视上的画面，只是双方死伤人数的变化，只是最后的胜负。我们没有真实地看到、感受到那血淋淋的真相。那么对肉食呢？小说中，我们看到，在肉铺，"我"找到了红颜色的腊制内脏。这是在动物还活着的时候，突然将其杀死，才能得到的。在那之后马上将其浸泡在焦糖中，让它凝固成原本的形状。这是活生生的真实，绝没有虚构。"我"在市场上买了内脏、血肠、公鸡的肉冠和羊头，真正的肉。"我"亲自处理了它们。然而，还带着血的异域菜肴却把应邀前来的客人们吓到了。但"我"坚信：

　　　　"而人，尝过了血之后，就最终成了一个完整的人。"④

　　这种血淋淋的菜肴，并不能被所谓文明化的人接受，他们拒绝接受这蛮族式的食物，但在另一面，他们却默许蛮族式的战争继续进行。我们拒绝接受事件背后的残酷，面对完全工业化的处理过程，我们拒绝相信在这一过程中存在痛苦，存在鲜血四溅。在现代的战争中，我们派出无人机、机器人作战，但这样的战争，这样状况下的死伤，并没有改变生命逝去的事实。虽然我们并没有亲眼看到死伤者的痛苦，我们尽量远离战争，但实际上战争还在

①　勒·克莱齐奥. 战争 [M].李焰明，袁筱一，译.南京：译林出版社，1994：205.
②　勒·克莱齐奥. 战争 [M].李焰明，袁筱一，译.南京：译林出版社，1994：43.
③　勒·克莱齐奥. 战争 [M].李焰明，袁筱一，译.南京：译林出版社，1994：200.
④　阿历克西·热尼. 法兰西兵法 [M].余中先，译.南京：译林出版社，2015：107.

继续着，而参与的人并不比以往更无辜。

（三）现实社会中的社会冲突

小说中，"我"发作得越来越严重的嗓子疼，象征着"我"认为所处社会的疾病越来越严重，象征着战后一代继承的创伤一直在隐隐作痛，但是又苦于寻找不到治疗的方法，只能任由这种痛苦加剧，继而影响到现实生活。创伤的一大症状便是精神上的焦虑和抑郁，而这种焦虑会通过身体上的痛苦体现出来，焦虑加剧身体上的痛苦，而身体上的痛苦反过来使人更加焦虑。糟糕的社会形势使得"我"更为焦虑，嗓子痛也在不停加剧。

小说这样描述道：

"国家从不讨论。社会机体从不吭声，当它不太合适时，它就折腾。没有了话语的社会机体被沉默削弱，它喃喃自语，哼哼呻吟，但它从不说话，它受苦，它撕裂，它要通过暴力来表现其痛苦，它爆炸，它砸碎玻璃和餐具，然后转向一种内心烦躁的沉默。"[1]

在现代法国社会中，示威游行常常出现，甚至会演变成为一场骚乱，它与内战一样诉说着这个国家、这个社会中的矛盾，这种含蓄的内战让法国人民感到快乐。法兰西民族是一个要将自己的不满用极为外露的形式来表现出来的民族，民主在法国的定义就是"权力归人民"[2]，人民有权利表现他们任何的不满。人们从内心中向往表达自己的意愿，而如果遇到阻碍，他们则相信人民的意志要通过暴力的方式来实现，而这种对于暴力的向往让内战更加令人激动。

"我们喜爱骚乱；我们喜爱它的战栗。我们梦想着内战，想玩一玩。"[3]

2018 年末轰动一时的黄马甲系列事件，就可以看作是这种内战最近期的表现。法兰西民族从不畏惧强权，他们相信，如果遇到阻碍那么就一定要去

---

① 阿历克西·热尼. 法兰西兵法 ［M］. 余中先，译. 南京：译林出版社，2015：131.
② 阿历克西·热尼. 法兰西兵法 ［M］. 余中先，译. 南京：译林出版社，2015：130.
③ 阿历克西·热尼. 法兰西兵法 ［M］. 余中先，译. 南京：译林出版社，2015：130.

反抗，要站起来保卫自己的利益，决不能退缩和解。这种对对抗的崇拜，对内战的某种渴望，也是战争埋在这个民族中的一颗不定时炸弹。在城市的骚乱中，警方竭力地维持着安定，因为"敌人"无所不在。这现代社会中的骚乱本身已经就是一场战争。我们想要的结果只是解决消除问题，而不是无休止的谈话，而这正是战争的起源，想要以武力来解决一切问题。

在小说中名为"夜间药房的一纸镇痛药处方"的"阐释"章节中，一间充满了焦虑气氛的夜间药房，似乎集结了社会矛盾的各个方面。锁起来的厚玻璃门外，是无所事事、高声讲话嬉闹、没有处方的年轻人。他们代表着社会中的不安定势力。药房里，有非洲裔的药剂师助手，他开门让持有处方的人进来，再把拿好药的顾客请出药房，并锁好门。他象征着社会中的权威阶层。穿着优雅的美男子代表了富裕的中产阶级，而瘦小的女人则代表了社会中的弱势群体，留小胡子的胖子代表着普通的工薪阶级，美男子依仗自己的特权获得所需的药，瘦小的妇女被呵斥过之后继续颤颤巍巍地提出自己的要求。每个人，每个阶层都有自己的诉求。

虽然并没有像"我"所想象的那样发生争执与打闹，但夜间药房的气氛依然紧张，似乎什么都可能发生。也许每个人都已经在他们的脑海中想象了可能发生的冲突。经历过夜间药房这一社会的缩影，"我"的嗓子还在继续疼。想象中的冲突没有发生，但是实际上已经具备了发生的各种条件。药房外边也是一样，紧张的空气几乎凝结，一触即发。

疼痛像是病毒一点一点侵袭"我"的身体，整个社会机体也像我发炎的嗓子一样，疼痛着，一个细微的冲突就会引起一场大范围的攻击，它甚至将自己的组织当作入侵者一样进行攻击。

(四) 现代社会中的种族主义

在小说的同一章节中，一个黑人青年被强行查票后，引发了火车站的大冲突，刚从火车上下来的那些年轻人迅速根据肤色分开了阵营。警察举着盾牌构成防御线，并向制造骚乱的人扔催泪弹。正像战争中发生的一样，所有人都迅速找到了自己的位置，并立即进入战斗状态。区别对待有色人种，这样的事情还在继续着，仿佛他们不是这个社会中的一员，如果是的话也是在冲突中最先受到攻击的一个群体。

什么是种族？种族就是一种分类，一种根据相似性而进行的简单分类。正因为其简单而无须思考，这种分类深入我们的思想，并随之传播一些简单而疯狂的想法。

　　"种族具有伟大疯狂的简单性，就是那类很容易分享的疯狂，因为他们是我们齿轮系统不再受任何控制时发出的声音。"①

　　这是一种表面理性但实际上完全泯灭人性的分类。将人类再分等类，这本身就是一件疯狂的事。

　　"我"的祖父将他和"我"祖母的血送去了实验室检验，检验结果显示他是凯尔特人，而祖母是匈奴人。这似乎将我们带到了遥远的古欧洲。祖父建议我们都去验血，看看我们各自属于哪个民族，然而我们血液决定了什么呢，我们不是属于一个家庭中的吗？我们不是相同的人吗？而再推而广之，每一个人不都是相同的人吗？

　　在现代社会中，只有身份证，这一张小小的卡片，才能证明一个人的身份。然而似乎种族是这法律文书之外的，更为显而易见的另一种社会身份。而有时这一身份决定了一类人在社会中的处境。对于有色种族来说，那就是被区别对待的处境。这发生在每一天的生活里，那个被强行查票的黑人青年，那个和"我"共撑一把伞在雨中行路的小伙子，他们每天都面对着不公平的对待。而对于"我"来说，这和殖民战争中发生的一切并没有什么不同，"如同永远；如同以往。这里，如同那里。"② 种族并不存在，但它又一直游荡在我们的生活中，是一种社会身份。就像在殖民战争中，种族这种分类方式被运用到所有人身上。所有人都有一张卡片，上面记录所有的信息，殖民者用这样的卡片去寻找下一张，去消灭敌人。在这之后，这两方怎么还能够继续生活在一起呢？这来源于以前那里的疾病，侵袭着现在的生活。

　　简单的一句"他们"，已经让所有明白这句话的人成为同谋。明白"他们"，也就意味着明白"他们"和"我们"的不同。这便已经是种族主义。"我"明白种族主义者所说的所有话，但是"我"又不想表达出我明白，不想要加入这一行列。"我"的内心痛苦着，因为这些人认为在以前、在那里，如果以武力解决了所有的话，那就不会有现在社会中的问题。而"我"认为武力不能解决一切。人们这一对武力的崇拜正是来自"那里"，对于骚乱的定

　　① 阿历克西·热尼.法兰西兵法 [M].余中先，译.南京：译林出版社，2015：148.
　　② 阿历克西·热尼.法兰西兵法 [M].余中先，译.南京：译林出版社，2015：158.

义，正是来自"那里"。殖民战争本身就是一场强者统治一切，力量决定一切的行动。而"那里"的影响仍然还在，"这个被吞没的世界依然存在，一些漂浮的形式在语言的结构中游荡，它来到我们的头脑中……"① 继续侵蚀着我们的思想。

小说借人物的口说：在二战中，法兰西民族通过在混乱屠杀中往自己的手上涂满鲜血，而在最后时刻加入了胜利者的阵营。这使得"我们"相信，力量带来一切。于是在殖民战争中，"我们"要继续践行这一点。但是事实证明，力量并不能解决一切，"我们"在现实的生活中又丢失了原以为得到的一切，包括和平。殖民的病毒感染着现代社会的躯体。甚至连语言——我们赖以生存的基础，一切思想的来源，也被感染了。

在吃了止疼药之后，"我"的嗓子不疼了。但事实上病毒还在侵袭我的身体，只是疼痛减轻了。这一情节清清楚楚地表明，整个社会机体都出了问题，疼痛蔓延着，在局部病况爆发被镇压之后，一切似乎都归于平静，但实际上情况仍然危机四伏。

只缓解症状而不治疗根本，这是现代医学的宗旨，也是现代社会的运行方式。武力镇压只能解决一时的症状，并不能真正统一想法，消除分歧。但人们都缺乏讨论的耐心，于是他们放弃这一解决问题的方式，而诉诸武力强权。

（五）移民战争的反面——这里和那里

小说叙述者"我"要去老兵萨拉尼翁家学画，就这样"我"把读者带到了他家所在的城市郊区的移民聚居区，这里似乎是另一个世界。这里的人们说着变化了的法语，用不一样的方式打招呼，穿着和长相也完全和"我"不同。情况似乎一如多少年前的阿尔及利亚，只不过这一次我们处于殖民战争的反面，是防守的一方。这对于萨拉尼翁的老战友马里亚尼来说，简直是无比确凿的事实。"我们处在一个殖民环境中，我们是被殖民者。"② 马里亚尼向我们确认，移民已经占领了我们的城市中心。我们从印度支那的丛林中一直溃逃回自己的国家，然而在这里我们依然在溃逃。我们时刻都处在危险之中，得要起来保护自己。马里亚尼是法兰西人光荣寻根自卫队的成员，他们反对移民，准备随时与之作战。然而马里亚尼加入这个组织本身就是一件

---

① 阿历克西·热尼. 法兰西兵法 [M]. 余中先，译. 南京：译林出版社，2015：164.
② 阿历克西·热尼. 法兰西兵法 [M]. 余中先，译. 南京：译林出版社，2015：206.

具有讽刺意味的事情，Mariani 这个名字本身就说明了，他的根并不在法国（这是一个来源于意大利语的名字）。而现在他却不能容忍这个国家的新成员。

马里亚尼在自己的家中用沙袋筑起了防御工事，这让"我们"可以放心地把背朝向窗户。沙袋中间还有一些枪眼，以便观察外边的情况。他将这里看作了战场，将移民看作了敌人。他在家里放着大口径自动枪，连睡觉都在担心被袭击，真的像活在战争中一样。他不在乎每一个人的血都是红的，都是热的，他只在乎一个不小心就会送掉性命，为此要时刻提防那些移民。围绕在马里亚尼身边的，尽是没有参加过战争的战后一代，他们向往着战争，向往着经历那紧张刺激的一切。他们并不了解战争的真正面孔以及战争摧毁一切的可怕后果。

> "即便是那些归来的人，也不是整个齐全地归来了。在那里，人们失去胳膊腿，几块皮肉，整片整片的精神。"①

马里亚尼正是这样，他经过战争的洗礼，信仰了这一巨大的怪物，并将自己一部分的灵魂永远留在了那里。他的一部分将永远活在战争之中。当在现实生活中遇到问题时，他依然像在战争中一样寻求武力的帮助。而当他死去，人们就将再也不记得殖民战争。一个对战争无法忘怀、永远活在战争中、相信战争可以解决一切的老兵，带领着从未经历过战争、对之充满向往、对武力与混乱着迷不已的一群年轻人，他们想要找到敌人，再好好干他一仗，期望一切就此好转，秩序重新建立起来。但实际上，他们对战争都没有一个正确的认识。社会出了问题，人们迷失了自己，老兵们不知道自己在现在社会中的角色是什么，他们不再像在战争中有明确的岗位。战后一代不知道自己在这乏味的生活中可以做什么，他们隐约地感到父辈的过去对他们产生了不可言说的影响，但是又无法清晰地表达自己。

> "由于我们不再知道自己是谁，我们将排斥那些跟我们不相似的人。"②

---

① 阿历克西·热尼. 法兰西兵法 [M]. 余中先，译. 南京：译林出版社，2015：205.
② 阿历克西·热尼. 法兰西兵法 [M]. 余中先，译. 南京：译林出版社，2015：409.

于是他们便将这现在社会中的问题扣上种族主义的帽子，好找到一个显而易见的敌人。有了敌人，那么一切就都好办了，来一场战争就全都解决了。这便是现在社会中种族主义的根源。一切就像在殖民战争中发生的一样，"我们"对抗"他们"。这战争中最残酷的还不是杀戮和折磨，而是把人分了种类，而每一个人都是平等的，本不应该分类。我们不仅根据肤色和脸孔把人类分了类，还根据这个来互相为敌。"我们"不承认"他们"是"我们"中的一员，是同样属于人类的一分子。这一想法产生的时候，"我们"其实已经输了。"我们"把彼时那里社会中的问题扣上了种族的帽子，然后发动一场战争来结束一切。这些年来表面上大家对这战争绝口不提，但又暗地里一心把所有都怪罪到种族身上。事实上本没有种族，是人们创造了种族这一说法，人们认为"他们以他们的存在毁掉你们的生活"，而实际上冲突之所以爆发是"因为你们以你们的存在毁掉了他们的生活，他们再没有任何地方可去"。①种族只是为了遮掩我们所不愿承认的财富机会分配不均这一社会毒瘤。而在当下的社会中，还有人想要如法炮制这一事件，以种族的名义再来一场骚乱，来一场"我们"对抗"他们"的战争。好像以这种方式就能获得最终的平静，却忘记了多年前的战争事实上告诉我们的道理——武力并不能解决问题、征服一切。

萨拉尼翁的妻子欧丽狄丝对马里亚尼的想法深恶痛绝，她愤恨地说道：

> "我失去了我的童年，我的父亲，我的街道，我的故事，所有这一切，都是由于种族的顽念。而当我看到它们又出现在法国时，我的火腾地一下就燃烧起来了。"②

欧丽狄丝从小在阿尔及利亚的首都阿尔及尔长大，二战时她跟随在法国军队中任职军医的父亲来到法国并认识了萨拉尼翁。她的父亲卡洛雅尼有着希腊人和犹太人血统，在土耳其长大，娶了一个法国女人，然后定居在阿尔及利亚。他曾经和萨拉尼翁表示他以自己为法国人而自豪，因为法国可以让你保留所有根源，即便它们之间互相矛盾，而这让他可以成为普世公民。他与他的阿拉伯邻居也相处融洽。他相信法兰西可以接受和包容所有，并让所

---

① 阿历克西·热尼. 法兰西兵法［M］. 余中先，译. 南京：译林出版社，2015：522.
② 阿历克西·热尼. 法兰西兵法［M］. 余中先，译. 南京：译林出版社，2015：210.

有人通过学习变得更有文化和修养。

然而，在阿尔及利亚战争中，欧丽狄丝和她的父亲却处在一个很微妙的境地。那些相处得很好的阿拉伯朋友把他们当作统治者、法国人、另一类人，他们互相成为对方的对立面。因为实际上他们受到的各种对待都是不同的。但当萨拉尼翁打算营救他们回法国本土时，她的父亲决定留在阿尔及利亚，为了阿尔及利亚独立而战，最后战死在那里。她的父亲相信所有种族的人可以和平相处，也认为这正是法兰西民族的魅力，是自由、平等、博爱的象征，他用自己的一生践行自己的信仰。于是我们就不难理解欧丽狄丝对于马里亚尼等种族主义者在现代法国社会中再次掀起种族主义波浪的深深厌恶。现在的法兰西缺少了某种一直以来让人引以为傲的东西。

> "法兰西人在寻找它，寻根自卫队假装在寻找它，我们在寻找它，寻找我们失去的力量；而我们是那么地渴望行使它。"①

这一力量绝不是种族主义，而恰恰应该是它的反面，是那已经丢失的可贵的法兰西民族精神。

很显然，政府当局是偏向马里亚尼们的想法的，他们派出了全副武装的警察在城市的郊区进行搜查。这些出现在城市中的铁甲车提醒着人们，这是一场真正的战争，这里就是那里。在行动之后并没有人对于维护社会秩序行动的军事化行为进行评论。人们似乎对装甲车并不感到陌生，在那里的战争便是这样进行的。

> "通过装甲车，我们感觉得到了保护。我们摧残了所有人；我们杀死了很多人；而我们输了战争。所有的战争。我们。"②

"我们"相信武力可以保护"我们"，但实际上这正说明了"我们"内心的恐惧和软弱。"我们"对武力盲目地崇拜，相信武力可以驯服那些离经叛道者，那些与"我们"不同的人。"我们"把"他们"当作"我们"的敌人。然而战争失败了，这种方法并不奏效。但相信武力的人，依然认为武力可以

---

① 阿历克西·热尼. 法兰西兵法 [M]. 余中先, 译. 南京: 译林出版社, 2015: 396.
② 阿历克西·热尼. 法兰西兵法 [M]. 余中先, 译. 南京: 译林出版社, 2015: 216.

保护他们，铲除异己，解决所有问题，一劳永逸。但实际上，武力从来都不是解决问题的有效方式。在武力之下必将产生反抗，有多强的武力就有多强的反抗。在战争中，死亡都没有能够维持秩序，那么还有什么能够让事情有序进行呢？更强的武力，更多的死亡吗？这应该让人深思，而不是简单地陷入对更强武力的崇拜之中。在战争中，在武力的控制下，双方都输了，不管是战败的一方还是战胜的一方。因为在那里我们屠杀了自己的信仰，湮灭了自己的理想和信任。

在印度支那战争中，法国士兵背井离乡来到印度支那，忍受炎热潮湿的气候环境的折磨，遭受着炮火与荒诞的洗礼，为的是"保护越南人民而战"，而越南游击队员则头顶斗笠，四处出没，不惧死亡，"为独立而战"。战争双方这样简单而相互矛盾的口号，使人费解。真的存在正义的战争吗？假如人们真的在意"正义"这一回事的话，那么其实根本不应有战争。而在战争之中的士兵，则普遍都像马里亚尼一样这样想：

> "怎么战斗，我们是知道的。而为了其中的什么理由，我则希望在巴黎的人知道。"①

这些真正在前线抛头颅洒热血的、经历战争异化人类过程的士兵们只是在执行命令，却受到战争最大的伤害，不仅是肉体上的痛苦，还有精神上长久的折磨。在战争中冲在前线的士兵中，"没有任何人是坏人……但是没有谁是无辜者，有的只是行动"②。也就是说，士兵只是遵守命令。他们被迫参加到这一场场血腥游戏中，而疯狂的杀戮与折磨让他们愤怒，在这场你死我活的游戏中只有狂怒才能保命，而这愤怒随着他们的身体回到战后的生活中，这也为日后的问题瞒下了隐患。"我们"寻找理由，挑起战争，却一败涂地，简直是自掘坟墓。殖民本身就从一开始就注定要失败，不管以怎样的方式作为结束。经过这二十年的战争，法兰西民族丢失了它的优秀品质，也并没有从这长久的战争中获得经验教训，只留下了一腔愤怒。而这愤怒，会让可怕的事情卷土重来。

---

① 阿历克西·热尼. 法兰西兵法 [M]. 余中先，译. 南京：译林出版社，2015：198.
② 阿历克西·热尼. 法兰西兵法 [M]. 余中先，译. 南京：译林出版社，2015：509.

三、从战争回归生活

马里亚尼在战争中丢失了一部分的自己，并再也找不回来，而原先的地方就变成了一个洞，一个种族之洞：

> "这在他的心灵中产生出一个洞，从此，这个洞就在不断扩大，他看什么都是通过这个种族差别之洞。我们在那里经历的现实能撕裂最结实的画布。"①

马里亚尼的肉体回来了，但是他的精神却永远不再是完整的。他的行事准则全都依靠种族之洞，因为在那边事情就是这样进行的。他已经不再知道在正常的生活中，应以什么样的原则来行为处事。他的血液依然为了种族之战而燃烧。实际上，他并没有真的从战争中回归到生活中，他依然生活在战争之中，即便这一战争完全是他的想象。

过去的战争与现在的生活就像被水面隔绝的两个世界。水面下过去的世界与水面上当下的世界呼应着。跟随马里亚尼的小伙子们站在岸上，深深被马里亚尼讲述的水下五光十色的世界吸引，他们渴望穿越到水面之下，因为水面上的生活实在太无聊。

> "因为在你们的生活中，没有什么能用来锤炼。你还跟最初一样毫发未损，人们还能看到原先的包裹。包裹能保护，但被包裹得严严实实的生活，却不是一种生活。"②

没有经历过战争的战后一代，对战争一知半解，他们甚至不了解战争那可以摧毁一切精神的丑恶面孔，便对武力盲目地崇拜。他们想要通过战争打破他们生活中的束缚。他们只看到了水下奇异的世界，却忽略了致命的一点：那里没有生存所必需的氧气。他们想要经历战争，想要在混乱中获得无与伦比的体验，却忽略了代价，他们会变成没有精神的战争机器。我们当然应该并可以冲破现实中的种种束缚，去更好地生活，但不应该是通过战争的方式，

---

① 阿历克西·热尼. 法兰西兵法 [M]. 余中先，译. 南京：译林出版社，2015：208.
② 阿历克西·热尼. 法兰西兵法 [M]. 余中先，译. 南京：译林出版社，2015：205.

以大量的死亡为代价。战后一代并不了解真正的战争，真正的死亡，不了解从战争走回平静生活的路有多么崎岖和漫长，却妄图从和平的生活走向战争。

　　萨拉尼翁的护身符是一个银制的菩萨小像，是从意图杀死他的越南人脖子上扯下来的。在他要离开印度支那之前的最后一段日子里，他又一次从死神的魔掌之中逃脱，而这菩萨小像便是见证。

　　那次差点发生的死亡让他记忆深刻，因为这一次他距离死神是那样的近，仿佛都感觉到了来自地狱的冷风。他眼睁睁地看着那个越南枪手打死了一个又一个法国伞兵，自己马上就要成为下一个目标。而此时面对死神的临近，他竟然感到不知所措，只是死死地抱住自己的汤碗。而幸好，在最后时刻，越南枪手被闻声而来的其他法国士兵击毙了。从此以后，这个来自越南枪手身上的菩萨小像就一直跟随着萨拉尼翁。它像是"一座死者的纪念碑"，见证了太多的死亡。但从那一天以后它就一直吸引着好运，保护着萨拉尼翁免遭灾难。似乎在那一天萨拉尼翁已经死去，余下的生活都是他赚到的。

　　萨拉尼翁觉得这个银质菩萨小像是一颗特殊的子弹，一颗银子弹，它可以"用来打狼人、吸血鬼、邪恶者的，因为人们不能用通常的方法来猎杀它们"。[①] 而战争也是一个魔鬼，只能用特殊的子弹才能杀死。而这一颗银子弹在战争之中穿过了太多的生死，来到萨拉尼翁身边，保护着他，并帮助他杀死了战争之魔。经历和死神的擦肩而过，这让他对自己的生命（包括广义上的生命）有了完全不同的理解。对这整整一段历史，我只保留了我不曾有过的这一死亡。"[②] 已经死过一次的萨拉尼翁，对死亡不再恐惧，对生命则多了一份敬重。他身边的人一个个死去，而他则侥幸活下来。他知道这是幸运的，这并不容易。回首讲述战争的总是幸存者，所以听的人总会认为人们可以脱离麻烦，逃脱死难。但其实死亡才是战争的主旋律，每推进一米的阵地，每焚烧一次村庄，都造成死亡。萨拉尼翁穿越了二十年的战争，仿佛这是一场漫长的战役，他躲过了所有的子弹、轰炸，前进着，见证了无数战友的逝去，最终幸运地到达了终点。他拥有所有战争中应有的回忆，他了解死亡的可怕，他知道战争这一使人发狂的魔鬼的真面孔，而没有在心中留下战争的心魔，他回归了生活。

　　而帮助他回归的，不只是这一颗子弹，这一护身符，更是他自己的信念。

　　① 阿历克西·热尼. 法兰西兵法［M］. 余中先，译. 南京：译林出版社，2015：386.
　　② 阿历克西·热尼. 法兰西兵法［M］. 余中先，译. 南京：译林出版社，2015：386.

他珍惜自己的生命，珍视和战友建立的生死之交，因为他曾见证过太多的生死无常，和太多被战争吸走的灵魂。他看到，外籍军团中的雇佣军人只知道在战争中前进，攻城略地，而丝毫不在乎自己的生死，战友的生死。他们将自己的一部分扔下，仿佛那并不是他们身体的一部分，只要那阻碍了他们前进，即便下一秒他们就会因此而死去。他们是绝对的战争机器，他们的灵魂被战争摄取了：

> "战争是建立在恐惧和自我保护的基础上的；而这些家伙挺起身来，向前冲去，这只能使人魂飞魄散，规则已经不再存在，人们已经不再在战争中。"①

这样的人，恐怕都不能被称之为人了。他们不畏一切，在他们的脑袋里只有前进，甚至都没有对于死亡的恐惧。他们不在乎自己的生死，这令人害怕。仿佛他们真的把自己只看作是地图上的一颗彩色图钉，一条红线。这些人进入了一种癫狂的状态，一种超越战争的状态。亲眼看到一个普通人可以在战争中被变为机器和魔鬼，这更加让人感到战争的可怕。

马里亚尼这些老兵们也是一样，他们知道死亡就在那里，他们也害怕，但是他们不再在乎。他们的灵魂丢失在了战场上。马里亚尼并没有真正从战争中回来，在那里他失去了一部分的自己，并且得上了愚蠢的战争疾病，相信武力可以解决一切问题。但是萨拉尼翁与马里亚尼有生死之交，他能理解马里亚尼：

> "我总是有一部分身心并不完全在那里；而我所保留的这一不在那里的部分，我的生活要归属于它。他呢，他则没有完整地返回。我忠于那些没有返回的人，因为我曾跟他们在一起。"②

萨拉尼翁有着自己的家园，找到了回归的路，但是他深深地理解马里亚尼所经历的一切，及其导致的后果。他明白他们没有完整地回归，事实上没有人能够完整地回归，包括他。总有一部分的精神和肉体遗失在了那边。他

---

① 阿历克西·热尼. 法兰西兵法 [M]. 余中先，译. 南京：译林出版社，2015：269.
② 阿历克西·热尼. 法兰西兵法 [M]. 余中先，译. 南京：译林出版社，2015：208.

不会抛弃鄙夷他们，但是他不会与他们为伍。因为他也明白马里亚尼们走得太远，他们被战争摄去了灵魂。

　　而萨拉尼翁的舅舅则是另外一个被战争吸走灵魂的人。这位舅舅一直以来都是萨拉尼翁的偶像。在二战期间，萨拉尼翁正是追随舅舅的脚步，才在上山加入了青年营之后，又参加了游击队，抵抗德军的入侵。然而舅舅的形象也一直与战争联系在一起，二战中，舅舅担任青年营和游击队的军官，然后到印度支那和阿尔及利亚参加战争。然而在阿尔及利亚战争结束之后，舅舅并没有像萨拉尼翁那样回归和平的生活，而是选择了继续战争，最后以叛国罪被判处死刑。当萨拉尼翁问舅舅，为什么不停止战争，回到和平的生活中来，他这样回答道：

　　　　"回哪儿？自从我不再是个孩子，我就一直在打仗。即便孩提时代，我玩的也是打仗游戏……我的整个成年期，我都在打仗，却从来没有过战争的计划……我带着我的家，我游历世界，我做着我一直所做的。"①

　　战争成为他的生活模式，他没有真正正常的生活，他的生活就是从一个战场辗转到另一个战场。他活在战争中，活在颠沛流离中，活在抛头颅洒热血中，除此之外，他感受不到自己仍然活着。他的全部家当都在一个小小的箱子里，随时准备转移。战争并不是他的打算，但是他没有选择，他生活在那个时代，处在那个时代的那个国家需要他上前线。而当他习惯了战争，当战争成为他的一种生活模式时，他本身便成为一架没有精神的战争机器，他不知道应该怎么样才能拥有一个正常的生活。他只会服从命令，执行命令，他只想要这样的生活继续下去，并因为这样的生活而受到尊重。他没有真正的生活可以让他回去，可以让他感到踏实温暖，给他带来满足感。

　　在内心深处，这位舅舅或许也想着有一天要回归和平生活，因为他一直随身带着荷马史诗《奥德赛》，这一部讲述大战之后英雄回归之路的长诗。他对《奥德赛》的理解是这样的：

　　　　"它讲述一个人的一次游荡，很长的，他试图返回家乡，但找不到

---

　　①　阿历克西·热尼. 法兰西兵法［M］. 余中先，译. 南京：译林出版社，2015：242.

路。而就在他满世界寻摸着瞎游荡的同时，在他家乡，一切都面临着危险；险恶的野心，贪婪的算计，疯狂的掠夺。当他最终回家时，他以战争的竞技法，来了个彻底的大扫除。他挣脱，他清洗，他重建秩序。"①

而这完美地诠释了舅舅的心理状态，他知道自己要回去，也想要回去，但是找不到回去的路，不知道家园在何方。即使在终于回去之后，他也希望可以像在战争中一样，摧毁一切杂质，建立新的秩序。但这就像是被战争的病毒感染而产生的错觉，真正的社会秩序是无法像战争中一样通过摧毁一切来建立的。消除一切也许很容易，但是秩序的重新建立需要时间和多方面的努力，并不是一朝一夕可以完成的。

中国近代作家王任叔的小说《龟头桥上》就对战争这一"重建"新事物的属性进行了批判：

"你说什么？战争，打仗，是好的吗？一方打败，一方便会有一种新东西产生出来的吗？嘻！这倒也不错，打仗产出的新东西是什么？是那活龙鲜跳的人，会说会话的人，打成了几根骨，几张皮，几点血了！是把一个人分成三样东西了！这就是你所讲的新产出的东西！"②

这才是战争的本质，不是对表面秩序或物质的推倒重建，而是对人类心灵的摧毁，而心灵的重建要比物质的重新制造困难百倍千倍。一旦心灵受到伤害，那就永远无法回到原点。

萨拉尼翁的舅舅也曾希望可以回去，也许他也尝试过，但没有成功。就像萨拉尼翁在结束印度支那战争后，注册进入了大学，但是没有读完；去找工作，但又没有干下去，连画画都放弃了。他的心灵没有归宿。他与舅舅谈心，两个人谈到从战争回到生活时，都感到十分迷惑：

"'维克托里安，你认为我们需要花二十年时间才能走出这一战争吗？'——'我觉得时间太长了。'"③

---

① 阿历克西·热尼. 法兰西兵法 [M]. 余中先，译. 南京：译林出版社，2015：242.
② 王任叔. 龟头桥上 [J]. 小说月报，15（8）.
③ 阿历克西·热尼. 法兰西兵法 [M]. 余中先，译. 南京：译林出版社，2015：251.

彼时他们都缺乏等待的耐心，他们深深感到无处可归，并找不到归途。而且当时的时局也催促着他们再次上战场。二战时期萨拉尼翁在青年营中认识的战友布里乌德，已经开始回归生活，并且做了神父。经过血的洗礼，布里乌德意识到，在战争中大家的精神都处在一种极端不正常的状态。而战争过后需要重新建立的不仅仅是被毁坏的物质，更是人们备受摧残的心灵。而为了重建心灵，布里乌德选择了宗教。他相信"除了人，就没有别的财富"。每一个生命都是唯一而不可取代的，每一个生命中都包含着无比重要的精神。而只要让这精神自由地与周围的空气进行和谐的互动，就能找到平静。

但是那个时候，萨拉尼翁还找不到自己内心的精神。他不愿继续父辈的生活，他想要从那其中逃离出来，而战争帮助了他，带他找到了另外一个世界。但这是一个充满血腥和杀戮的世界，这注定只能是一场经历而不是生活。是绘画将他从战争那个血红的世界里拯救出来，给了他一方能够真正生活的天地，不然他也会像马里亚尼一样被囚禁在一个由战争做背景的小房间里，脑子里充满了武力与愤怒。

绘画和欧丽狄丝，她们为萨拉尼翁指明了回归家园的路：

"我为她而画，只为了她，我呕心沥血地吐墨，这造出一片云彩将我掩藏。"[1]

"全靠了绘画，我的生命满足于一张纸。"[2]

首先，是绘画拯救了萨拉尼翁，让他的内心趋于平静，从一开始给游击队员画肖像画，到在印度支那战争中给欧丽狄丝画山水画，再到从安南贵族老人那里学习中国水墨画，萨拉尼翁始终在绘画。绘画寄托了他在战争时对欧丽狄丝的想念，他的种种思绪，他对战友真挚的友谊。而最后学会的水墨画则教会他更多，那是一种生活的哲学，生命就在这一方白纸上展开。

长长的画卷展开的过程，就是一条时间之路慢慢延展开的过程，人们欣赏画的这一段时间，隔着时光的漫漫长河，与作者创作构思这幅画所用的时间相重叠，欣赏与创作的整个过程合二为一，这是一种再创作的过程。

---

① 阿历克西·热尼．法兰西兵法［M］．余中先，译．南京：译林出版社，2015：419.
② 阿历克西·热尼．法兰西兵法［M］．余中先，译．南京：译林出版社，2015：515.

这一过程又像叙事者"我"聆听萨拉尼翁的经历时的感受。时间的画卷一点一点展开，"我"仿佛体验到了他彼时一点一滴的经历，而"我"的思绪也随着他的回忆慢慢展开，这两个过程在"我"的脑袋里合二为一。

　　战后一代在了解父辈的战争经历时，都有这样的感受，像是重新经历了父辈的一切，但是带着自己的思考。父辈将他们的时间传承给了我们，我们的生命因此而获得了延展。我们并不仅仅知晓了父辈的经历，也了解了他们当时与现在心中之所想，并且用自己的观点重新丈量了父辈过去的经历。更重要的是我们从这个再创作的过程中获得了对于自己今日生活的启示，解答了我们对于生活一直以来的疑问。我们了解父辈的经历，把他们看作是一笔财富，这让我们可以正视暴力却又不再感到害怕。

　　小说《美国佬》中，作为战后一代的"我"一直不能理解性情乖戾的父亲，甚至因为他的暴力行径而对他恨之入骨。"我"也为自己成长为父亲的反面而感到骄傲不已。但在小说的最后，"我"重新理解了父亲的过去。那个穿越过生死，经历了历史上最漫长的一天，踩着战友的尸体从诺曼底登陆来到这片大陆的"美国佬"——"我"的父亲——没有选择地承受了战争带给他的所有创伤。透过这表象"我"似乎在一定程度上理解了父亲的暴戾，但想要和解却为时已晚，他已经撒手人寰。"我"已再无可能将对父亲的理解告诉他，只能将一切怨悔埋藏在心里。战后一代只有在真正了解父辈的过去之后，才能理解父辈，才能将自己从一种疑惑甚至对抗中解脱出来。

　　《法兰西兵法》中写到创作水墨画的第一个步骤，即研墨的过程，在我们看来也是一个思考的过程，因为只要一笔下去便不能再有所改变：

　　　　"在这纸上，只能画下一笔，唯一的固定途径，没有折返，唯一的一笔，最终的。"①

　　这正如同我们的人生，从来都没有折返这一说。人生就是一条只能前进的路，所以在前进的时候一定要认准方向。画笔就像是人生道路。而这一点放在萨拉尼翁身上更是如此。正是画笔给他指出了回归家园、重新生活的道路。绘画是他的理想，并代表着他的处世之道。他没有在杀红眼的战役中，

　　① 阿历克西·热尼. 法兰西兵法 [M]. 余中先，译. 南京：译林出版社，2015：378.

没有在潮湿闷热的雨林中，没有在无尽的等待中迷失自己。他在那里丢失了一部分的自己，但是他也完整地保留了一部分的自己，并在其中找到了依靠，找到了生活的归属。萨拉尼翁跟马里亚尼们、舅舅们的经历从表面上看来并没有什么两样，但是各人的境况却如此的不同，因为正如"在绘画中，最重要的线条是人们没有画出的那些。……墨最终留在绘画之外，人们以空无来画"。① 人生的精髓在经历之中又在经历之外，所拥有的体验当然是重要的，但是更为重要的是在这之后如何思考。也正如"我"通过萨拉尼翁的故事了解父辈的战时经历，重要的实际上并不是知晓了如电影中所表现的那些外在的冲突与对抗，而是发生在他们内心中的想法以及他们精神世界的改变。

在回家路上遇到的孩子们让"我"想起"我"小时候见过的，让我们拿枪的貌似老兵的怪叔叔，这让"我"感到后怕。谁知道在这些受到战争摧残的人当中，在这些精神上受到了极大打击的老兵中，出了多少的杀人犯？"我"甚至想到：

> "……我父母的所有朋友都有机会成为杀人者。所有人都有机会。两百五十万老战士，两百万流亡的阿尔及利亚人，一百万被驱逐的黑脚……那是会传染的，通过接触，还有话语。"②

战争给社会带来的创伤，要很久才会被抚平。半个世纪过去之后，战争的余波依然烦扰着现代的社会。依旧沉浸在战争氛围中的老兵、殖民战争带来的所谓社会中的移民问题、对战争充满复杂情绪的战后一代，种种战争带来的后果在当下的社会中继续发酵，甚至整个法兰西民族的精神都在战争中丢失了。这些战争的苦果比比皆是。我们生活在战争的阴影中，生活在被战争摄取灵魂的幽灵中间。持续了二十年的战争：

> "每一次战争的功能就是擦洗干净上一次战争。……每次的杀人者都消失在后一次中。因为，这些战争中的每一次，都在产生着杀人者……那些品尝到鲜血滋味的人，消失在随后的战争中。"③

---

① 阿历克西·热尼. 法兰西兵法 [M]. 余中先，译. 南京：译林出版社，2015：273.
② 阿历克西·热尼. 法兰西兵法 [M]. 余中先，译. 南京：译林出版社，2015：404.
③ 阿历克西·热尼. 法兰西兵法 [M]. 余中先，译. 南京：译林出版社，2015：405.

战争是一种疾病，一种病毒，它让人见识最恐怖的事情，它让人发狂，它让人持续地浸染在血色的炎症中。而那些杀人者，那些被鲜血腌渍过的灵魂，盲目崇尚武力的老兵们，他们的心中充满了怨恨。

可以从这种怨恨中走出来回归平静的人为数不多。就算是这些为数不多的人，他们也继续被战争遗留的伤痛折磨着。而关于这二十年来的战争的回忆，它继续困扰着经历过战争的人们，而且有些人始终没有走出战争的创伤，就像马里亚尼；也有些人走出了创伤并从中汲取了勇气与智慧继续平静生活，就像萨拉尼翁。而对于以"我"为代表的战后一代，我们的生活继续被战争的阴影笼罩，并充斥着当下社会的各种混乱情形。我们感受着无法言说的焦虑和骚动，我们对于父辈战争的经历并不了解，我们不知道我们所面临的各种问题，实际上是他们经历的后续。而对于这段回忆，我们应该要正视它的存在，承认它真的发生了，并通过了解它，看清战争可怕的面孔，以今天的眼光重新解读过去。最重要的是借鉴父辈的过去，来找到另一种角度看待当今社会的问题，包括种族问题、社会阶层之间的冲突。实际上种种问题都可以从过去找到根源，甚至模式。我们应该从父辈的过去中，找到我们生活的方向，走出战争的阴影。

"它已经过去了。一旦雪不再下，它就开始坍塌，它沉降，它融化，它消失。奇迹只能出现在那一瞬间。这很可怕，但你就得尽情地享受在场，什么都不去盼望。"[1] 面对自然用雪所作的画，我们只能停下来尽情地欣赏这一瞬的完美。萨拉尼翁在战争中看到的瞬息万变，领略到的生命的脆弱，让他学会了珍惜每一个瞬间的完美。因为没有什么可以永垂不朽，尤其是生命。什么样的外表都不能改变我们的血液都是红色的这个现实。凡是美丽的东西都是脆弱的，很轻易地就会消失，而且再也无法复制。他把他毕生所学都传授给了"我"，而"我"也因此找到了自己生活的意义。

第二节 创伤的归来，重复的意象——跨越创伤之进现（《妖魔的狂笑》）

重新找回关于创伤性事件的回忆，是跨越创伤的第一步，而接下来则是

---

① 阿历克西·热尼. 法兰西兵法 [M]. 余中先，译. 南京：译林出版社，2015：271.

更重要的唤醒与创伤事件相关的感情，并将其表达出来。因为常常被否定的不仅是受创主体对于创伤事件的记忆，更重要的是受创主体将自己当时所感受到的强烈情感压抑起来。而在承认创伤事件真的发生过之后，下一步就是要承认自己受到了创伤，情感受到了强烈冲击，包括恐惧、愤怒，等等。而这一唤醒当时情感，并将之表达出来的过程就是情感的进现，它是一个需要进行多次尝试，多次表达的过程。它在后记忆文学中被表现为情感的不断涌现与表达，或战争意象以及对之复杂情感的重复出现。

小说《妖魔的狂笑》从结构上说，可分为开场白、第一部分、第二部分以及收场白等几部分。其中开场白与收场白都很短，是关于吃人妖魔的寓言故事。而第一部分由两重讲述穿插而成：第一重由出生在战后的法国男孩保罗讲述他少年时的德国之行，时间为 1963 年；第二重则由保罗在德国小镇结识的德国姑娘克拉拉的父亲——拉封丹医生讲述，内容是关于他和战友莫里茨中尉在战争中的经历，时间主要为 1941 年。第二部分则是按时间顺序由保罗讲述了他从 1964 到未来的 2037 年间的经历。

在保罗童年的讲述中，刚刚结束的战争像一片阴云漂浮在人们的心中，大人们不断回忆着战时的经历，而孩童们则受到一种自己也不明所以的影响，仿佛他们纯净的心灵早在一出生的时候就被什么玷污了。而在保罗的成长过程中也有种种复杂情愫一直纠缠着他，而这种种也都与过去的战争有不同程度的关系，它们就像裹挟着海藻、蚌贝的海水反复冲刷着保罗。而站在岸边的保罗无论如何也无法逃离，只得站在那里，一如小说中描述的保罗与克拉拉的最后一次见面那样，"我们站在沙滩上，紧挨着深颜色的海浪；海浪底下，说不定就掩埋着那位倒下了的巨人。……和那座巨人像比较起来，克拉拉与我只不过是两个微不足道的、正在衰老的肉体。这两个小小的肉体负载着在已经不短的岁月中积累起来的沉重印象"。[①]

一、寓言的象征

小说的开篇与结局（即开场白和收场白）是一个有关小姐弟俩遇到食人妖魔的寓言故事的两个部分。

这本身就是对战争这一创伤性事件吃人本质的揭露，其中也表达出了对

---

① 皮埃尔·贝茹. 妖魔的狂笑［M］. 郭安定，译. 北京：人民文学出版社，2007：320.

于战争以及在战争中被异化的人类的害怕、厌恶。同时寓言也表达出对于人类命运的担忧：即便是孩子，在战争的血雨腥风中也会被感染而变得疯狂，他们会杀人敛财。尽管他们并不知道这意味着什么，只是有样学样，但这就是孩子模仿的天性，不管环境是好是坏，他们什么都吸收。而他们是人类的未来。他们在一个糟糕的环境中长大，即便之后回到了安定的环境中，但那噩梦一般的创伤会始终留在他们心中。而收场白中，墙上的镰刀不断落下，则象征着战争这一嗜血妖魔总是会卷土重来。

开场白讲述道，在一片战火纷飞的土地上，吃人的妖魔在森林里出没，而人们也因为不断的战争而变成了一群嗜血的生灵，不光是成年男子，妇孺们也变得十分残忍。一对姐弟在树林里碰到了吃人的妖魔。俘获姐弟俩的妖魔并不着急，他要休息一会儿再将这姐弟俩活生生地吃掉。他的最爱便是看着食物痛苦地挣扎直到毫无声息。可是他却在睡觉的时候不小心把姐弟俩压死了。此时出现了用水晶石就能把他们救活的美丽姑娘。在她用水晶看过姐弟俩之后，两个孩子果然活了过来，但是姑娘却变成了丑陋的老妇人，最后又变成了双眼空洞的女巫。妖魔闻到这两个孩子的味道后觉得恶心，转而开始吃草和鲜花，并发疯一般地笑起来。孩子们趁机逃脱，却又遇到了骑士、死神和魔鬼。

收场白讲述道，姐弟俩穿过树林，又走入了战场，他们奇迹般地穿过了一场场战役而毫发无伤。他们再次穿过树林，回到了熟悉的村落，温暖的家。似乎经历过的所有只是一场噩梦。他们再次吃到了母亲做的可口饭菜。第二天是节日，大家要去黑湖边上野餐，全家人怀着美好的心情入睡了。但是夜里，爸爸挂在墙上的镰刀却几次不停地掉落，发出可怕的声音，闪着惨白的光。

在战争中，不仅仅上战场的军人遭到了战争的异化，平民百姓也不能幸免，妇孺都可以变得残忍，这一切都是战争这个极端环境造成的。战争激发出了人类内心疯狂、残忍的一面。不过，这样的恶行似乎让人难以接受，以至于很多经历过战争的人对自己行为完全否认。否认事件的发生只是一个表象，事实上他们是想要否认这样的自己曾经存在过，否认自己内心中存在着这样的恶魔。战争这个吃人的妖魔唤醒了每个人心中本来就存在的那个嗜血小恶魔。换句话说，在这样极端的战争环境中，人们为了生存下去，不得不给自己的双手染上鲜血。这是一个很难坦然承认的真相，但它毕竟是真相。

否认真相的存在只会让自己被过去的梦魇围捕。

　　带水晶石的姑娘将两个孩子救活之后，自己却变成了老妇。也许姑娘本是女巫，想用水晶球看孩子的一生，从中汲取精华来保持自己的青春美貌，但最后却耗干了自己的精神，泪水盈满了眼眶。两个孩子还是稚嫩的面庞，但他们实际上却不再是孩子了。他们的一生已经被展现出来，这两个孩子无忧的童年，在战争中的经历，以及在战后如果还活着会经历什么，一切都浮现在了时光的长河中。这其中的苦难吸光了女巫的灵性，她没有想到她会不能抵御孩子们经历的苦难，于是变回了两眼空洞的女巫。

　　妖魔不再想吃孩子们，它看到姑娘被他们吸干了灵性与青春。他闻到了他们的孩儿肉香，但是感到恶心。因为他们已经不再是单纯的孩子，战争中的经历将他们改变了太多。所有经历战争的孩子，都已经失去了他们的童年，妖魔吃下去的只是一个个装在孩童躯体里却早已丢失纯真的灵魂。他于是开始大声狂笑并吃起草来。妖魔也象征着伴随战争而产生的恐惧，内心对于战争，对于苦难越是害怕，那这个妖魔就越强大。而在姑娘看到的小男孩和小女孩之后的人生里，他们跨越了对于战争的恐惧，那这象征着恐惧的吃人妖魔也就不能再伤害他们。

　　开场白的最后，逃脱吃人妖魔的小男孩小女孩又碰上了骑士、死神和魔鬼。这一场景所描述的，应该就是著名版画作品《骑士、死神和魔鬼》的画面（见图4-1）。版画的作者阿尔布雷希特·丢勒（Alberecht Dürer 1471—1528）是德国著名的油画家、版画家和雕塑家，这幅版画就是他的代表作之一。在画中，骑士跨着骏马，带着獾狗，腰佩宝剑，手持长矛，行进在丛林中，他的旁边走出了骑着劣马、拿着沙漏的死神，后边还跟着手持长柄斧的魔鬼。骑士目光炯炯看着前方，死神则面目狰狞地盯着骑士，羊头魔鬼也将爪伸向了骑士。死神想要拦住骑士的去路，魔鬼则想将他拉下马。

　　前面路上的骷髅头骨和急忙转头的蝾螈似乎暗示了前路的危险以及前人的命运。死神手中的沙漏代表了每一个生命的时间都是有限的。而骑士坚定地望向远方不为所动，似乎他的目的地是画中远处的城堡。画中的骑士显然是主角，因为整个铜版画以他为中心，丢勒自己也是简单地把这一作品称作《骑士》。

　　在小说《妖魔的狂笑》开场白的结束处，刚刚逃脱吃人妖魔的姐弟就碰到了这一行三人。这一情节似乎想说明，可怕的事情远没有结束。就像骑士

图4-1　丢勒：《骑士、死神和魔鬼》

一般，小姐弟俩其实也被死神和魔鬼包围，他们所能做的，只有不惧任何困难，一心向前，到达目的地。在战火纷飞、妖魔横行的环境中，人人都被死神盯住计算着仅剩的时间，而魔鬼时刻准备激发人们心中的魔性，从而与它一起作乱。而身在其中的人能做的只有保持内心的坚定，不被魔鬼蛊惑，不被死神威慑，只有这样才能走得更远，最终回到家乡。

另一个极具讽刺意味的事情是，在1933年，德国的国家社会党在纽伦堡召开了他们的第五届党代会。他们当时正在庆祝纳粹接手了德国政权。而纽伦堡正是丢勒的家乡，于是该市的市长就向希特勒展示了原版的《骑士、死神和魔鬼》，并称他是"不惧恐怖与斥责的骑士"。但事实上，希特勒正是一个被魔鬼俘获的邪恶骑士。下一年，当纳粹回到纽伦堡去开第六届党代会时，莱尼·里芬斯塔尔就拍摄了闻名世界的纳粹宣传纪录片《意志的胜利》。直到现在，许多电影在涉及二战期间的德国时，都会借用该影片中的片段。

从战场到森林，从遇到吃人的妖魔，到再度经历战场后回到家乡，在寓言中，始终没有姐弟俩情感的表达。他们看到吃人妖魔时没有害怕，在战场上经历杀戮时也没有吃惊，他们杀人补刀时没有愤恨贪婪，见到父母时也高兴和兴奋，只有在最后镰刀不停掉落时，"全家人身子都僵直了"①，稍稍可以算作情绪的表达。

我们可以把这姐弟俩看作是经历战争的一代：他们在内心纯净时被招入伍，而他们的心灵在战场上就像流浪儿一样孤立无援，他们看到战友们被杀，却也杀害着敌方的士兵。他们任由自己的内心被战争这个吃人的妖魔越带越远，却不知道该做什么。在经历战争中可怕的一切之后，他们拖着残躯回到家乡，他们告诉自己之前的所有经历都只是一个噩梦，人们并没有真的都变得残忍，他们的双手也并没有沾满鲜血，所有那些让他们感到害怕、恶心、反感的事情都不是真的发生过。他们满心期待着以往的生活，幸福的家庭团聚，但是他们的心里还是一直隐隐害怕着，害怕可怕的事情还会重演，怕他们内心中的恶魔种子会发芽，这也就是镰刀一直掉落的原因。那是他们心底的畏惧和渴望，是他们从战争中得到的、他们不愿承认的情感，是他们内心中嗜血的妖魔正在被唤醒，越是不被承认，这妖魔就长得越大，直到最后真的再次跑出来杀人。

同时，回到家中的姐弟俩也应该并可以被看作是战后一代的代表，他们从各种渠道中获知父辈的过去，那血淋淋而真实的过去就像一个遥远的噩梦，好像并不存在，却一直萦绕在他们的脑海。他们在和平的时代出生并长大，却一直有着某种担心。好像这和平是一个假象，随时就会有一双大手撕开这和平的背景板，露出狼烟四起的血红色天空。他们对过去的恐怖将信将疑，对现在的平静也将信将疑，他们不知该如何表述自己内心的痛苦与煎熬。父

---

① 皮埃尔·贝茹. 妖魔的狂笑 [M]. 郭安定，译. 北京：人民文学出版社，2007：339.

辈的过去对于他们来说就像经历了一个不能动弹的梦魇，但是醒来后却又遗忘了具体的细节，只剩下恐惧和煎熬，无法表达。他们的害怕与担心就像那一直落下的镰刀，提醒着他们和父辈：那曾经发生的可怕的妖魔吃人事件可能还会再发生。

结合小说的正文部分，我们可以肯定地说，开场和收场中这一对小姐弟的命运和形象，就是小说故事主人公克拉拉和保罗的象征。他们都深深地被父辈战时的经历影响，感到自己的和平生活只是一个假象，它真正的核心依然是血腥而恐怖的。父辈可怕的过去成了纠缠他们的梦魇。这一过去给他们带来的伤害可能很难为那些不敏感的同代人所理解，却是他们一生伤痛的源起。

保罗从未获知关于父亲在战后遇害的具体细节，他的妈妈也似乎并不愿和他说起这一段过去。而克拉拉的父亲曾和她讲起过战争中的经历，她的妈妈正是被战乱搞得精神脆弱。她在和爸爸一起出诊的过程中还目睹死亡，这一切让克拉拉对死亡、对战争有着无法释怀的情结。他们就像那对小姐弟，在他们降生之时，便没有选择地要负载父辈这段痛苦的历史。他们穿过这一个可怕的梦魇，回到自己生活的真实世界，却发觉这一过去的力量是如此之大，影响了他们的一生，并不断地侵扰他们的生活。他们始终为之所惑，他们的人生轨迹因为自己对于父辈这一神秘却又极具杀伤力的过去的浓重感情而受到影响。

保罗在多年之后终于直面舅舅，并知了父亲死亡的真相，将淤积在自己心中多年的情感一吐为快，他理清了自己和父亲过去之间的关系，但是他发现自己的生活还是要靠自己一点一点地建立。战争的可怕，以及对于战争的惧怕，对于人类命运的忧虑，一直困扰着克拉拉和保罗。

小姐弟俩的情感变化被隐去，是很值得深思的一个细节。事实上，可以有不同的阐释。作为两个孩童，他们在战争中不可能从头到尾都没有受到任何影响。或是，他们在战场上已经受到了刺激，而这一创伤性打击让他们屏蔽了其他情感的感知与表达，于是在后续的经历中他们并没有任何的情感表达。又或许，他们经历战争的创伤之后，发现只有不表现自己情感才能在各种极端的环境中生存下去。只有不害怕才能一直前进。就像在小说开场白中姐弟俩最后所遇到的骑士，他明白死神在阻拦他的去路，魔鬼想把他拽下马，而他所能做的，就是不表达出丝毫的恐惧与顾虑，只是一心向着目的地前进。

但是屏蔽了情感并不代表他们真的没有情感。这就像经历战争的一代和战后一代，在跨越创伤的过程之中，都只有承认过去战争中发生的可怕的事情，承认自己在这些事件中受到了伤害，表达出对于这些事情的害怕、厌恶、反感的感情，受创者才能真正走出创伤，从中学到让人生成长的经验。

在小说的第一部分描述克拉拉父亲拉封丹大夫战争期间故事的章节中，他和好友莫里茨中尉所经历的事件，恰如吃人妖魔遇到姐弟俩故事的翻版。

克拉拉的父亲曾是德国军队中的军医，他经常和莫里茨中尉一起聊天，他们是同乡，同是来自小城科勒斯泰因。拉封丹医生每天都会写日记，将自己的所想记录下来，他善良而富有同情心，早就注意到，战争的态势正滑向不可控制的危险地步。莫里茨则单纯、严肃而勇敢，他只知道执行命令，对别的事情并不想得太多，这一点令他的医生朋友感到羡慕又担心。

在一次执行任务的过程中，拉封丹和莫里茨的心灵受到了极大冲击。那个特殊任务并不是冲锋上前线，而是一次对犹太人的屠杀。在发动进攻之前，莫里茨收到了命令，要他处决现有的犹太人。在医院里，拉封丹亲手将孩子一个个从犹太病人中挑选出来的。他原本以为妇女会被处决，孩子则会被留下。在这挑选的过程中，拉封丹还残忍地拒绝了帮助过他的犹太女翻译克拉拉——一个瘦小而历经磨难的女人。因为他认为，她的存在会搅乱他保护孩子们的计划，所以为了让更多的孩子能够获救，他毫不留情地把她发派到妇女的队伍里。当然，事后，他感到无比的内疚，也正是这个原因，拉封丹才给自己的女儿也起名叫作克拉拉，以纪念这位犹太女翻译。最后，本该开向后方的运载孩子的卡车却最终开向了森林，孩子们在那里将遭遇死神，而负责处决所有犹太孩子的人，正是莫里茨。

在莫里茨得知要处决孩子的命令之时，便开始痛苦、纠结。但在几番犹豫之后，他的肌肉中，还是"某些循规蹈矩的纤维占了上风，怜悯的纤维萎缩下去"①。他决定遵从命令处决所有的孩子。在走向林中空地刑场的时候，莫里茨亲手牵着一对犹太小男孩、小女孩将他们送向死亡。而当时，那两个孩子对他是那么的信赖，就像两个流浪儿在迷途中重新找到了自己的父亲。而这个"父亲"没有带他们回家，而是把他们带向了不归路。

莫里茨当然感受到了这一信赖，也感受到了对于他们所做一切的反感，

---

① 皮埃尔·贝茹. 妖魔的狂笑 [M]. 郭安定，译. 北京：人民文学出版社，2007：107.

但是他认为自己别无他择。事后，他和他的士兵们都沉浸在一片沉默之中，每个人的心里都发生着巨大的变化，观念和信仰的堡垒彻底轰塌。内心中的家园也在一片战火之中被摧毁了。我们可以设问：作为一个人，如果连基本的人性都消失了的话，那么还能抱着什么样的信念继续活下去呢？他们迷失在了残酷无情的战争中，只能继续将自己的思绪掩埋在一场场流血的战役中。而这，只会把他们的心灵越来越封闭、隔绝起来，越来越远离心灵的家园。

在经历一系列的苦难之后，莫里茨和拉封丹都拖着受伤的身躯回到了家乡，但受伤更多的是他们的心灵。在一个闷热的夏日，在大家去黑湖野餐避暑的路上，莫里茨带着他自己的儿子女儿走丢了。在夜里才被人发现在树林中，他傻笑着，目光无神，而一对孩子已经在他的臂弯中死去了，就像是食人妖魔的寓言中所讲述的那样。他把两个孩子带进了丛林，放在自己的胸口闷死了。他们还那样的可爱，仿佛活着一般。莫里茨因此变疯了。没有人知道，那时候他是怎么想的，他是否又想到了他在执行屠杀命令时曾牵过的犹太小男孩和小女孩。

在当年的战争中，他将杀害犹太儿童当时内心所感到的困惑、羞愧掩藏起来，埋首于一场又一场的战役之中，身先士卒，冲锋陷阵。他身受重伤，从前线撤回柏林修养，最后回到小镇，虽不是战胜的英雄，但也还是铁骨铮铮的军人，可他的内心坍塌了。他将这一事件本身都屏蔽了，他不能接受自己在保持对国家的忠诚的同时，已变成了一个吃人的妖魔。而且重点不只是吃人，还是妖魔，他感到了自己再也不是一个人，更别谈一个善良的人了。他不能接受自己做出的违反人性的行为。他杀害了别人的孩子，那么他配做一个父亲吗？他不知该如何以一颗不正常的内心面对正常的生活。

战后，表面上似乎一切都归于和平，但这只是假象，也必定是假象。人心里的变化不是一时可以看出来的：内心中的战争还远没有结束。一个人，即便外表看上去很平静，也不能够改变他心里的千疮百孔。经历战争的父辈们拖着受伤的身体回到家乡，掩盖了自己真实的情感，希望可以融入这假象中去。

"但沉痛的记忆不会轻易消失，而是退缩在黑暗的角落里沉沉睡去。一旦来自现实生活的信息刺激着它，它就会立即复活，重新主宰人的情感世界。"①

这压抑的情感总有爆发的一天，内心战争总有将他们的身体和灵魂侵蚀的一天。战争这一吃人的妖魔，不仅吃掉人的身躯，更蚕食着人类的心灵。战争不会轻易结束，如果不将心中积郁的情绪释放出来，那么内心中的战争就会一直继续，最后酿成莫里茨一家那样的惨剧。

二、雕塑的象征

小说的男主人公保罗是一个出生在战后的法国少年，他内向而喜爱画画。在二战结束不久，他来到德国笔友家度暑假。笔友家在科勒斯泰因小城，距离小城不远的山上有一个湖叫作黑湖。那条穿越森林通往黑湖的小路，在保罗心里，"它又是一条秘密通道，联结着我的童年与成年，也把我并未亲身经历的战争年代与我并不太赏识的和平岁月连通起来"②。正是在那里，他经历了从少年向青年的转变，也发掘出一段当时人们不想回忆的过去，并结识了与自己惺惺相惜的德国姑娘克拉拉。

在战争结束二十年之后的当时，少年保罗和克拉拉都深深地感到这和平的虚假，因为他们都无法逃避地继承了父辈沉重的过去。保罗对这一模糊的过去充满了困惑，但同时，对于真相他又怀有一种恐惧。而那条"通道"象征了寻找真相的过程。正是在那里，保罗发现了莫里茨当时发疯杀死自己孩子的地点，并从克拉拉口中得知了整个事情。莫里茨的死更是这和平虚假性的证明。

战争结束了，但是留在人心里的创口远远没有愈合，甚至已经不可救药。保罗的父亲也在战后死于非命，他隐隐知道这一事件与父亲在战争中的所作所为脱不了联系，却一直不敢去追寻事情的真相。因为他知道真相往往是残酷的。克拉拉的父亲在战后回到家乡，但整个人如游魂一般，直到遇到克拉拉的母亲。而她的母亲却也是在战争中受到创伤的可怜人，一直都性情乖戾。

保罗和克拉拉都深深地知道，战争结束后，它所造成的伤害远远没有结束。人们故意不去提起，但是这一阴霾依然笼罩着人们的生活。他们就像是两个同病相怜的孩子，更为重要的是，他们来自战争的两方。这说明无论是

---

① 张全之. 火与歌——中国现代文学、文人与战争［M］. 北京：新星出版社，2006：52.

② 皮埃尔·贝茹. 妖魔的狂笑［M］. 郭安定，译. 北京：人民文学出版社，2007：10.

曾经的刽子手还是受害者，都同样受到战争的摧残，在战后都承受着同样的伤痛。整个一代人都受到了战争的创伤，而这一创伤也影响到了下一代。他们从一出生起便没有选择地接受了这时代的赠予——一个沉重的过去。他们对于父辈过去的情感是真实的，他们对于现实的忧虑也是真实的。他们生活在和平中，但他们的内心却并不平和。

他们心中累积着强烈的情感，想要寻找情感的出口。克拉拉选择了摄影作为她表达情感的方式。在保罗初识克拉拉的时候，她就拿着一台相机。也正是在向保罗展示了她拍的一系列相片之后，克拉拉给他讲述了莫里茨的故事。克拉拉展示的相片中的房子正好就有莫里茨的旧屋。

保罗一开始则钟情于绘画，在德国度过的那个暑假里，他一直带着他的速写簿。而在之后的岁月里，他在机缘巧合中终于发现了最能够表达他情感的方式——雕塑。他们分别将自己的情感投入摄影与雕塑之中，来理解并表现战争，这一折磨了他们的父辈并且现在依然折磨着他们的怪物。他们的一生都试图摆脱战争这一魔鬼的影响，摆脱这种痛苦，但是最终却发现这是一种不可摆脱的生命中的重量，于是就将这情感作为他们艺术作品的启迪，作为他们表现的对象。

早在从德国返回巴黎时，保罗父亲遇害的卢森堡公园中的马蒂尔德王后的雕像就曾令保罗着迷。她那令人捉摸不透的表情，还有神秘的手稿，表达的究竟是什么，他不得而知，就像保罗父亲的死一般，是模糊而神秘的。但他相信，"总有一天，她会从头到尾对我讲述清楚；总有一天，我会了解真相。石头将要开口"①。而确如他所愿，他最终鼓起勇气面对了其实一直就在眼前的关于过去的真相，探究清楚了父亲被刺的真相，并开始专心雕塑，让石头作品来表达自己，表达他的情绪。

保罗第一次产生创作雕塑的念头是在1968年的维尔高山区。他放弃了巴黎美院的学习，想要边画画边旅行，他的母亲也放弃了书店的工作，要去维尔高山区寻找她新结识的男朋友。于是母子两人充满希望一起上路了，他们经过了老家里昂，驶往维尔高这一第二次世界大战时期的抵抗运动根据地，这一保罗父亲的经历和战斗的地方。在《妖魔的狂笑》中屡次出现了维尔高山区，维尔高山区是二战时法国抵抗运动的主场，而小说的主人公作为战后

---

① 皮埃尔·贝茹.妖魔的狂笑 [M].郭安定，译.北京：人民文学出版社，2007：156.

一代的代表，在战争结束之后多年，也正是在这里找到了内心最终的平静，从大城市隐居到那里潜心进行自己的创作。"啊，这座大高原，远离时代的动荡，没有人烧汽车，看不见有人挖铺路石……进来困扰人们思想和肉体的那种狂热，在这里不过是一些传闻。"① 在这篇小说之中，维尔高山区这一承载了抵抗运动之魂的记忆之场，也成为主人公抵抗自己心中的妖魔——战争的主场。

保罗和母亲在维尔高分手后，各自继续旅行。保罗先是在旅馆里遇到了当老板的老游击队员。他给保罗讲述了二战时的维尔高山区。彼时的这里就像一个仅存的小法兰西。他们经历了真正的战争，而青年们在春天搞的动乱，在他眼里只不过是"想玩打仗，向那些新产生出来的坏家伙发动一场小小的战争"②。众所周知，老板口中的小小战争，就是巴黎的五月风暴。这与《法兰西兵法》中所描述的社会中由战后一代主导的骚乱有异曲同工之感。事件中同样都包含了对于武力的盲目崇拜，对于刚刚过去的战争的好奇。未经历过战争的青年们，没有真正了解过去，却为过去战争所遗留在社会、家庭、个人内心中的创伤继续困扰，进而将暴力当作宣泄情感和政治诉求的出口。

而在下一个村庄的墓地前，保罗发现了一座奇特的雕塑。面对这一时而精细时而粗糙的神奇雕塑，保罗目瞪口呆：

> "因为，这座雕塑整体上表现的是悲惨与残酷，很难说清哪张嘴准备咬人，哪张嘴正在祈祷。到底哪只手在屠杀？哪个躯体惨遭杀害？凝固住了的恐怖圆舞。"③

这不正是战争中的众生相吗？在这一场爆发出最底层人性的舞蹈之中，所有的人都使出浑身解数，为的只是生存下来。所有人都在受苦，没有人是幸福的，没有人可以快乐起来，战争双方都是如此。这一雕塑深深地震撼了保罗，这一作品似乎前所未有地碰触到了他心底那块阴郁的地方。那块他深深感知存在着，却始终无法完全表达的块垒。那场他没有办法逃避，始终在侵袭着他的苦难情感。在雕像前，他伸出双手似乎想要握住什么，但是又说

---

① 皮埃尔·贝茹. 妖魔的狂笑［M］. 郭安定，译. 北京：人民文学出版社，2007：204.

② 皮埃尔·贝茹. 妖魔的狂笑［M］. 郭安定，译. 北京：人民文学出版社，2007：206.

③ 皮埃尔·贝茹. 妖魔的狂笑［M］. 郭安定，译. 北京：人民文学出版社，2007：210.

不清楚。唯一可以确定的是，这一雕塑打通了保罗内心情感和外面世界的通道。

这雕塑的作者名叫菲利贝尔·多德。在探访他的路上，保罗看到了多德其他的作品，那是一组田野里的石像。在看到这组人像的时候，保罗感到了似乎想和他们较量互动的冲动：

> "当我把手指伸进他们身上的缝隙当中时，我的皮肤会感受到他们的粗糙，从而使我变得强壮起来。"①

雕塑让保罗重新发掘出了自己内在的力量，他感到这些雕塑是自然和人类共同创造的作品。这些作品是由人类创造出来，但是之后他们却以超然的沉静降服了人类。然后，保罗就开始在多德家逗留并学习雕塑。

多德对于雕塑的认识一针见血，于保罗很有启发：

> "雕刻是一场战斗，一次战役。……你打他，他也在狠命地打你。"
>
> "不过，也会有这样的时候：不能再凿下去了，不能再挖了，再来硬的就会造成伤害。恰恰相反，需要的是抚摸……要抚摸，一个是在打架前，一个是在打架后。"②

多德的这些话，确实很有艺术的韵味：对石头，要先尊重它，然后细细地观察它、聆听它，才能创造出最适合它的样子。这是一个与之互动的过程，是一个倾诉情感并获得回应的过程。石头自己诉说着它们的需求：要被打造成什么样子，什么时候就可以停工了。所以，要和石头沟通，用情感来软化它们。最后石头变为雕塑，就像一个灵魂有了躯壳，它默默诉说着自己的故事与蕴含的情感。而这个过程是在作者和石头的沟通中，通过一次次的磨合中进行的。

雕塑于保罗来说是很好的创作活动，因为时常出现在他脑海却不知该如何表达的情绪正困扰着他。与石头的交流给了他机会一抒胸臆。保罗回到巴黎，在美院偷学雕塑的课程，每当有困惑就继续回来请教多德。

---

① 皮埃尔·贝茹. 妖魔的狂笑 [M]. 郭安定，译. 北京：人民文学出版社，2007：212.
② 皮埃尔·贝茹. 妖魔的狂笑 [M]. 郭安定，译. 北京：人民文学出版社，2007：216.

保罗的第一个作品是怪物古莱姆，一个张着血盆大口的食人怪物。这件雕塑的名字是他脱口而出的。它似乎也是一直以来，困扰着他的怪物的具象化表现，随着雕塑作品的完成，它终于以一个分身的方式从保罗的脑袋里跑出来了。在工作过程中，保罗感到对于各种雕塑所表现的情感理解得越来越深，仿佛透过各个雕塑看到了手下的石头的灵魂与感情。

在接下来的好些作品之后，保罗终于开创出自己的风格，那就是石头和金属的结合。他的第一件如此风格的作品叫作《发动机·不动》，是把一架废旧卡车的发动机拆下来，塞进了一块粗雕成一个人上身的大石头中凿出的缝隙里。而在完成这个作品之后，保罗感到他终于找到了自己的风格，也向心爱的姑娘让娜求了婚。这一风格似乎正象征了保罗的内心，因为他深知，经历过战争的父辈的过去像石头一样不可动摇，而这一石头中间艰难凿出的石缝，既像是战争留给父辈的伤口，又像是战后一代为了了解父辈过去所做出的艰难努力。最后，在石腔之中放入的发动机，似乎就是对这一不可改变的过去的重新理解；也只有这彻底的接受和理解，才能让这拥有了新的心脏的石人运行起来，才能让经历战争的一代与战后一代从对过去的反思中获得前进的动力。

在此不得不提的还有与小说题目直接相呼应的雕塑《妖魔的狂笑》，这座雕塑是一组群像，里面有一个十分强壮的人形，大手在肚皮上搂着两个孩子模样的光滑石头。妖魔的脸上只有一条缝来表现狞笑，而孩子的脸上则是什么都没有，没有眼睛，也没有嘴巴。这雕塑再次与小说开场白中的寓言重合，而遇到吃人妖魔的小姐弟俩，从来没有表现过自己的情感。他们只是众多人的象征，重要的不是喊出了什么，不是面部表情表现出了什么，而是内心里发生了什么变化。或许只有不去表现孩子们的情感，才能使人去注意，去想象，去体会他们的内心经历了什么样的苦难。而妖魔脸上的笑，保罗试图把它做到"笑得既不过火又不温吞；笑声里既藏着欲火又掩饰不住残暴"[1]；这个度却不好把握，弄得不好的话，有可能会毁掉整个雕塑。这就像我们的生活一样，战争的可怕超出了人们的想象，事情就像滚雪球一样一点一点超出了人们的控制，最后以摧毁一切而告终。

另外一件作品《阿特拉斯疲倦了》表现了一个疲惫的老人，被肩上的负

---

[1]　皮埃尔·贝茹. 妖魔的狂笑 [M]. 郭安定，译. 北京：人民文学出版社，2007：257.

荷压得几近崩溃。而这负荷物就是他自己的头颅，一块掏空的岩石。这正是被战争所扰的战后一代和他们的父辈的象征。他们所感到的疲惫无力、对生活的厌倦、抑郁、孤独苦闷，都源于他们内心受到的创伤。这在他们脑袋里是无形的，却比有形的负荷对人的伤害更重，它摧毁的是人的意志。而阿特拉斯这位希腊神话中可以支撑起整个地球的大力巨人，面对这来源于自己思想中的无形重量，也快要被压垮了。

保罗的雕塑启蒙老师多德将关于雕塑的理解上升到了生活的真谛。

"焦虑不安过后，就该流汗了；流汗过后，才能明白：留下来的物质，也就是说有了形态的物质，那不是别的，是生活，真正的生活。只有用拳头开道，才能穿越混沌！在经受痛苦的折磨之前，这些沉默的大石块，就是浓缩的混沌。要你来放入条理，放入爱心，放入惊吓，放入恐惧。"①

雕塑家在一开始获得石材时难免感到不安，不知该怎样操作。只有耐心地聆听，听石头的诉说，听自己内心的声音，通过流汗流泪，一凿一凿地将自己真正的感情都投入石头中去，最后才能获得一件摄人心魄的作品。而这一作品也让人感到生活实实在在的重量，这一重量震慑住了那会将人推向深渊的情感。雕塑给了保罗一条从无名的忧伤和痛苦中解脱出来的道路，而且这种情感也正成为他创作雕塑的灵感和雕塑的灵魂。

在保罗与雕塑家多德的交往中，多德曾两次唱起一首歌，那首歌便是法国歌手雅克·迪特隆（Jacques Dutronc）那首著名的《还有我，还有我，还有我》（*Et moi et moi et moi*）。这首歌被收录在雅克·迪特隆1966年出品的第一张专辑里。这是一首讽刺战后小资产阶级生活态度的歌。歌词节选如下：

Sept cents millions de Chinois	七万万中国人啊
Et moi, et moi, et moi	还有我，还有我，还有我
Avec ma vie, mon petit chez-moi	和我的生活，还有我家的小孩
Mon mal de tête, mon point au foie	我喝得太多头疼，肝也疼

---

① 皮埃尔·贝茹. 妖魔的狂笑［M］. 郭安定，译. 北京：人民文学出版社，2007：217.

J'y pense et puis j'oublie	我也想到他们啊，然后转眼就忘了
C'est la vie, c'est la vie	这就是生活啊，这就是生活
Quatre-vingt millions d'Indonésiens	八千万的印度尼西亚人啊
Et moi, et moi, et moi	还有我，还有我，还有我
Avec ma voiture et mon chien	和我的小汽车，还有我的狗
Son Canigou quand il aboie	当它叫的时候就给它磨牙棒
J'y pense et puis j'oublie	我也想到他们啊，然后转眼就忘了
C'est la vie, c'est la vie	这就是生活啊，这就是生活
Trois ou quatre cents millions de Noirs	三四亿的黑人啊
Et moi, et moi, et moi	还有我，还有我，还有我
Qui vais au brunissoir	我去美容院美黑
Au sauna pour perdre du poids	去桑拿房减肥
J'y pense et puis j'oublie	我也想到他们啊，然后转眼就忘了
C'est la vie, c'est la vie	这就是生活啊，这就是生活
Trois cents millions de Soviétiques	三亿多的苏维埃啊
Et moi, et moi, et moi	还有我，还有我，还有我
Avec mes manies et mes tics	和我的癖好和习惯
Dans mon petit lit en plume d'oie	在我的鹅毛小床上
J'y pense et puis j'oublie	我也想到他们啊，然后转眼就忘了
C'est la vie, c'est la vie	这就是生活啊，这就是生活
Cinquante millions de gens imparfaits	五千万不完美的人们啊
Et moi, et moi, et moi	还有我，还有我，还有我
Qui regarde Catherine Langeais	在看凯瑟琳·兰吉斯
A la télévision chez moi	出现在我家的电视里
J'y pense et puis j'oublie	我也想到他们啊，然后转眼就忘了
C'est la vie, c'est la vie	这就是生活啊，这就是生活

Neuf cents millions de crève-la-faim	九亿快要饿死的人啊
Et moi, et moi, et moi	还有我，还有我，还有我
Avec mon régimevegetarian	和我的素食减肥法
Et tout le whisky que je m'envoie	还有我喝下的所有威士忌
J'y pense et puis j'oublie	我也想到他们啊，然后转眼就忘了
C'est la vie, c'est la vie	这就是生活啊，这就是生活

这首歌创作于五月风暴之前两年的 1966 年，却已经把当时社会生活中的矛盾描写得很清楚，这首歌是对其时法国社会奢靡生活的一个讽刺。当时战后的法国人民都处在个人的舒适与享乐之中，但实际上战争后遗症却在各处爆发着，大家都十分清楚，美好的生活只是一个表象。人们的内心真的如同他们的身体一样好起来了吗？《妖魔的狂笑》中那位曾经是游击队员的旅店老板这样说道：

　　"我这身肉，都是光复以后，当生活恢复正常……或者说当生活看上去恢复了正常，这才长的膘呀。"①

生活看上去恢复了正常，并且发生了翻天覆地的变化，战后黄金三十年的发展让法国人的生活重新进入了世界前列的水平。法国人民进入了一个物质丰富的消费社会，而与之相对的是世界各处的战火纷飞与物质匮乏。然而在消费社会中生活的人们的心灵是否如他们填满各种物品的屋子一样充实呢？

在战后的辉煌时代中，一方面，既有不顾一切只为满足一己私欲进行各种享乐的新生一代（就像歌曲中描述的那样），他们无忧无虑地享受着这个物质充裕的世界，例如保尔的德国笔友托马斯，甚至有向往通过暴力的手段来表达自己的诉求的年轻人，例如保罗的朋友马克西姆，在这条路上越走越远，从参加五月风暴演变到骄傲地拿出手枪，迷信暴力才是权力。但另一方面，也有像保罗、克拉拉这样深受参加过战争的父辈影响，被心中的痛苦不断折磨的战后一代，他们对于各种冲突更为敏感，他们想要寻求一种方式来表达自己，但绝不是通过暴力。当然还有经历过战争的父辈，他们深受战争的影

---

　① 皮埃尔·贝茹. 妖魔的狂笑 [M]. 郭安定，译. 北京：人民文学出版社，2007：206.

响，深知战乱中人们所承受的疾苦，他们理解现在世界各处发生着的灾祸对于亲身经历的人意味着什么。

那首《还有我，还有我，还有我》的歌词作者雅克·朗兹曼（Jacques Lanzmann）本身也是经历过战争的一代。他是犹太人，1927 年出生于法国，2006 年于巴黎逝世。在二战期间，他与哥哥克劳德·朗兹曼都参加了抵抗运动，在被捕后还差点儿被处决。而克劳德·朗兹曼就是前文提过的讲述大屠杀的著名纪录片《浩劫》的导演。他们作为经历过战争的一代，将自己战时的经历作为一种精神上的财富，通过艺术创作，对当下社会生活进行剖析。从战争的创伤中汲取的经验，让他们可以更透彻地看待现在社会中的问题。而带着这种情感、这种眼光来进行创作，本身就是一种对于创伤的跨越。

小说《妖魔的狂笑》中，哼唱这首歌的多德与歌曲的创作者一样，将自己对于战争、对于生活的情感都用自己的作品倾诉了出来，同时他也将这一点传授给了保罗。对于保罗来说，每一次制作雕塑的过程都是一个将对于过去的情感完全释放出来的过程。

> "从里面跑出来的，是犹疑、不安、不适、顾虑、厌倦、悔恨、无信仰和残酷，总而言之是一大堆破烂玩意儿。这些东西从盒子里飞出来，见缝就钻，落在雕像的嘴巴上、眼睛里。"①

每一次雕塑都是他与石头之间的一场战争，都是他与过去之间的一场战争，都是他与自己情感的一场战争。每一次雕刻都是一次情感迸现的过程。而他的作品也因为体现出这种种情感而具有了震撼人心的威力。我们知道，好的艺术作品必是包含着作者丰富情感的，观者或许会有自己不同的理解，但是只有将自己的情感投入到作品中去，才能打通作者内心和作品之间的通道，也打通作品和观者之间的通道，任何的艺术创作都是如此。

正如《法兰西兵法》中的老兵萨拉尼翁寄情于山水画，《妖魔的狂笑》中的保罗专心于雕塑，克拉拉致力于摄影，犹太人朗兹曼兄弟投身于电影和音乐创作，也正如战后一代作家创作后记忆文学作品，艺术（包括文学）创作本身就是一种情感的表达，这对于战争的创伤的跨越是一个良好的契机。

---

① 皮埃尔·贝茹. 妖魔的狂笑［M］. 郭安定，译. 北京：人民文学出版社，2007：254.

将压抑的情感用建设性的方式表达出来，正是情绪进现阶段需要达到的目的。将在创伤事件中感受到的浓厚情绪、情感通过艺术创作的方式输出，这不仅帮助受创主体跨越创伤，还将战争之残酷展现给人们。

三、克拉拉与让娜：过去与现在，痛苦与温暖

在小说《妖魔的狂笑》中，对于克拉拉的感情就像过去战争的阴影一般，纠缠了保罗一生。他与克拉拉相识于德国的黑湖边。这个地方改变了保罗的一生，因为这里将和平与战争的记忆连接在一起。而在很大程度上，这也要归因于保罗是在这里认识了让他爱恨交加一生的知己——德国姑娘克拉拉。

克拉拉无疑象征着过去，晦涩的童年，父辈沉重的赠予，也象征了在痛苦中找寻、探索战争对人内心伤害的努力。克拉拉对保罗而言成为一个潘多拉之盒，吸引着他，却又带来痛苦和不幸。克拉拉的每一次到来似乎都像过去伤口的又一次发作，是对于过去创伤的又一次情感进现。可以说，保罗将父亲留给他的谜团，童年受到的创伤，全都移情到了与克拉拉的感情之中。

早在第一次见到克拉拉时，保罗就觉得"她的举止打扮和科勒斯泰因全城的姑娘都不相同"①。而他们的第一次单独面对面，保罗在喷水池边画画，而克拉拉就如同食人妖魔寓言中那个拿水晶的漂亮姑娘一样出现在喷水池边，并且拿着她手中的"水晶石"——相机看他。

再一次与克拉拉有接触，便是保罗与克拉拉、他的笔友托马斯一起在夜里走秘密地下通道。而这一奇妙的经历升华成了一种人生体验，每当之后他们处在陌生的环境并感觉自己在经历美妙历险时，保罗都会重新回想起这个时刻，这条黑乎乎的秘密通道。在人生之中很少有几个这样的时刻，这样的经历，可以升华为一种情感、一种感受的具象。而与克拉拉一起，保罗体验了好几个这样的经历。

再下一次的会面，是因为克拉拉想给保罗放她拍摄的短片。在几个短片之后，克拉拉讲述了她爸爸的战友莫里茨中尉的故事，他家的房子正是最后一条短片的主题。关于这一事件，克拉拉这样对保罗说：

　　"保罗，你恐怕能够理解，即使和平回来了，战争仍然没有平息。"②

---

① 皮埃尔·贝茹. 妖魔的狂笑［M］. 郭安定，译. 北京：人民文学出版社，2007：16.
② 皮埃尔·贝茹. 妖魔的狂笑［M］. 郭安定，译. 北京：人民文学出版社，2007：67.

这一句话牢牢地扣在了保罗的心扉上，战争留在克拉拉和保罗生命中的阴影，正是把他们拉近的联系，也正是他们的相像之处。但也正是因为他们的相像，导致了二人日后的分道扬镳。保罗当然懂得，战争并没有结束，在和平生活中依然有战争留下的"定时炸弹"。保罗的父亲便是在战后被人暗杀的，而缘由并不清楚，但是就保罗看来，这一定是与父亲在二战中参加抵抗运动或是介入阿尔及利亚事件有关。正是这天下午的这次交流，让保罗和克拉拉越发亲近了。

　　主人公保罗告别童年，是之后在黑湖旁边的小木屋里。自从父亲去世之后，保罗似乎就给自己上了一层保护罩，以避免自己受到焦虑和惊恐的伤害，而克拉拉的出现，则为他打开了这一保护罩。她给保罗带来过去苦难的同时，也给他打开了未来的大门。克拉拉从小就不同于别的孩子，她十二岁就随着父亲出诊，见识了太多的生死：

　　　　"我千方百计试图发现其他孩子们还不知道的事情。然而，死并没有什么好看的，我感到失望，失望之情又溶化到巨大的恐惧之中。"①

　　克拉拉始终不害怕面对可怕的东西，而她所见到、知道的一切，也让她对这世界，对和平产生了质疑。父亲的过去，那些实实在在发生在科勒斯泰因的事情，让她觉得自己无法忠于德意志这个国家，无法忠于这里的人所相信的东西，她感到必须要出去，到别的地方去，去寻找她心中疑问的答案。

　　所有在那个夏天里发生在黑湖旁边的事，都凝聚成了一幅幅画面：森林中的小路、小木屋、红玫瑰、地道、父亲与被掐死的孩子、死亡与疯狂，都在保罗的心里留下了深深的印记。在这里，保罗从少年变成了青年。他对未来产生了无限渴望的同时，又觉得"不能忘记过去，连同过去的种种悲剧、恐怖与谜团"②。而这段对过去的感情又与对克拉拉的感情连接在了一起。克拉拉就像是另一个保罗，同样被父辈留下的过去深深影响，对现在的社会、对表面的和平抱有怀疑的态度。而克拉拉又是那样的充满吸引力，她好似能洞察出人心里的秘密。这样惺惺相惜的两个年轻人的命运交织在了一起。

---

① 皮埃尔·贝茹. 妖魔的狂笑［M］. 郭安定，译. 北京：人民文学出版社，2007：129.
② 皮埃尔·贝茹. 妖魔的狂笑［M］. 郭安定，译. 北京：人民文学出版社，2007：74.

在小说的第二部分的第一章中，克拉拉来了巴黎，保罗和她天天见面，而且把她的童年与自己的过去糅合在了一起。"卢森堡公园、拉雪兹神父公墓、塞纳河畔，我把这些地方都与克拉拉对其童年的回忆联系起来，都与她陪同父亲冬日出诊之行联系起来。"① 卢森堡公园对保罗来说意义非凡，那是保罗的父亲遇害的地方，也是他经常去的地方。他常常在那里看着雕像，想象着父亲曾经经历的一切，思考着父亲遇害的原因。保罗把自己被撕裂的童年与克拉拉和她的父亲一起出诊的童年重叠在了一起，似乎自己和克拉拉经历了一样的事情。他们见过了太多的生死，看到了太多战争遗留下的灾祸。而这一切是他们的纽带，是他们之所以相像、相互理解的原因。年轻的保罗把这份情感看得十分珍贵。

而克拉拉后来爱上了保罗的哲学老师孔兹。孔兹是一个参加过阿尔及利亚战争的老兵，他曾是个中尉，在战争初期表现出了珍贵的克制，从不伤害妇女和手无寸铁的人，最后却在同伴们被残忍杀害之后，对阿拉伯俘虏下了重手。这样一个经历过战争、特立独行的老兵，战后却成为一个极受学生们欢迎的哲学老师。他对世界的看法很是独特。他曾发表过这样的看法："每个人都是一个问题，这个问题的表达又是非常怪异的。……在一个人身上，我所能够喜爱的，正是他的谜，正是困扰他、使他百思不得其解、走到哪里拖到哪里的那个疑问，正是他说不清道不明的问题。"② 很显然，这样一个经历丰富、思想深刻的人，对年轻姑娘克拉拉的吸引力是巨大的，他身上有太多的问题和谜等待她去寻找答案。他在战场的经历，他的困惑疑问无一不吸引着她。

克拉拉，正是一个喜欢琢磨问题和谜的人，在她眼中，自己就是寓言中那个拿水晶石观察人的年轻姑娘，而手中的照相机便是她识别万物的水晶石。

"我喜欢透过这块水晶石观察事物、观察人，穿透死气沉沉的皮肉、外表，看到里面去。这很可能会成为我终生的职业。"③

她对于人性的丑恶有预期，希望探究每个人内心最深处的东西，希望能

① 皮埃尔·贝茹.妖魔的狂笑［M］.郭安定，译.北京：人民文学出版社，2007：181.
② 皮埃尔·贝茹.妖魔的狂笑［M］.郭安定，译.北京：人民文学出版社，2007：180.
③ 皮埃尔·贝茹.妖魔的狂笑［M］.郭安定，译.北京：人民文学出版社，2007：181.

够看清每个人身上的谜，尤其是战争在人类内心留下的创伤，希望用她的水晶石记录下每一个不同的创口。

在五月风暴的冲突中，保罗受了伤，之后，遇到了做护士的让娜。巧的是，让娜就是克拉拉的法国笔友。克拉拉初来法国时，还是住在让娜家。让娜整个人的脾气性格，恰好是克拉拉的反面，她是温暖、快乐的象征。与她在一起，一切都变得简单，保罗感到：

> "抓住此时此地，幸福就会像草一样生长出来；没有任何理由去打打杀杀，去冲击；战争已经结束，战争已成遥远的往事"①。

而克拉拉是他们之间禁忌的话题，所有红玫瑰、林间小路等影影绰绰的画面，依然不时出现在保罗的脑海，最后保罗决定出发去旅行，也正是在这趟旅行中他开始了他的雕塑生涯。

回到巴黎之后，保罗没有去看让娜，他害怕早有别人代替了自己的位置，却与克拉拉在三狮旅馆不期而遇了。而这一次的相聚，让他们之间的关系彻底破裂了。克拉拉说道：

> "我们太相似了。不能互补，给不了对方什么东西。我呢，我并不感到不幸，只是觉得孤独。你呀，你永远不会像我这般无助。我需要能够亲眼看到点什么。正因为如此，我才不需要任何人。"②

他们有相似的童年，相同的痛苦，有一样的人生谜题，但带给对方的却只有痛苦。可以说他们是各自的镜子，从镜子里他们看到了自己最脆弱痛苦的地方。

自从与克拉拉在三狮旅馆最后一次见面之后，保罗有四年都没见过她，他与让娜在一起每天都过得很满足，在这种温暖和谐的氛围下他的雕刻事业也一步步推进着。但每当有克拉拉的消息，保罗总是感觉那黑暗的过去又开始纠缠自己，他感到"从前的那一切又都回来了。猛兽从身后扑到你的脖子

---

① 皮埃尔·贝茹. 妖魔的狂笑［M］. 郭安定，译. 北京：人民文学出版社，2007：196.
② 皮埃尔·贝茹. 妖魔的狂笑［M］. 郭安定，译. 北京：人民文学出版社，2007：223.

上，要将你的脑袋当成一顿美餐，好好享用"①，但自己却又在某种程度上为这种痛苦所吸引。对保罗来说，克拉拉象征了他们父辈血色的过去、自己晦涩的童年、虚假的和平和内心的缺失。就像是黑湖旁森林里的小路，卢森堡公园里雕塑前的空地，克拉拉成为一种象征，她成为保罗对于过去，对于自己所不愿面对的痛苦情感的具象表现。

作为孜孜不倦地探究艺术真谛的人，多年中，保罗一直没有停止在雕塑上的探索，而克拉拉也依然在摄影的道路上坚持着。保罗和让娜在维尔高山区定居，他们的孩子也出生在那里。保罗有足够的空间搞雕塑，也和他的老朋友多德离得很近。让娜在那里的医院做接生的工作，她的每一天都用来迎接那些新的生命，她总是那样的充满希望和朝气，这给了保罗温暖的依靠。但是他还是会被自己的情绪所扰，在夜晚他会感到"一种压得你抬不起头来的内心孤独，感到一种与自己苦苦寻觅的东西擦肩而过的苦闷，似乎浓雾挡住了自己的眼睛，眼前漆黑一片"。② 在维尔高山区这个旧时的抵抗运动圣地，保罗似乎还能看到雪地上的血迹，感到喘着粗气的怪物就在不远处守候着，他的生命中一直以来的疑惑还是没有解开。克拉拉的幽灵默默地出现在工作室的一角，她释放出恐惧、厌倦、犹疑的情绪，保罗所能做的只有不停地敲击石材，与石头的搏斗是逃离这一切黑暗痛苦追击最有效的方法。

让娜对保罗的艺术创作是有误解的，她觉得，保罗拼命做雕塑似乎是为了忘却克拉拉，"那满身是毒的德国鬼子又转悠到这里来了，她不能容忍，要保护自己不受伤害。"③ 让娜也深知这种对于克拉拉，对于过去的情感是保罗做雕塑的灵感，于是这种对抗就变成了"对雕刻的怨恨"。而保罗自己也有对"雕刻的怨恨"，那也是对于这种令人感到厌恶的情感的怨恨，但是他没有选择，这是他所负载的过去，他必须要接受这一情感。

十年之间保罗都没有克拉拉的消息，再度获知她的近况是在多德家。保罗在一本杂志上读到克拉拉在美国纽约举办了展现越南战争老兵状况的摄影展。照片都是人物的脸部特写，这位女巫终于拿着自己的水晶石从每一道皱纹中看出了一个老兵的人生，他们所经受的苦难，他们被恐惧浸染的心灵。她将这天赋展现出来，让观者们也了解这些老兵，听他们的每一寸肌肤来诉

① 皮埃尔·贝茹. 妖魔的狂笑 [M]. 郭安定，译. 北京：人民文学出版社，2007：238.
② 皮埃尔·贝茹. 妖魔的狂笑 [M]. 郭安定，译. 北京：人民文学出版社，2007：250.
③ 皮埃尔·贝茹. 妖魔的狂笑 [M]. 郭安定，译. 北京：人民文学出版社，2007：256.

说：战争结束多年了，但是战争带来的恐惧，熊熊燃烧的战火却并没有被扑灭。这被展现在每一个老兵的身上，而克拉拉把这一切都捕捉到了。克拉拉追随着战争的脚步，去寻找苦难的根源并把它展示给人看。而保罗却躲在维尔高这座堡垒里，看着关于黎巴嫩难民营、波兰冲突的报道。克拉拉带着自己的决绝冒着狂风暴雨去追逐苦难，去追逐真相，而保罗一直用温暖逃避着痛苦，他知道问题就在那里，每一次克拉拉的形象出现在他的眼前，每一次他被复杂的情感所困，他就投进雕塑的世界。雕塑默默诉说着他的痛苦，但是他深知问题一直在那里，他一直都没有勇气去揭开真相。让娜是一个没有痛苦过去牵绊的温柔人儿，她将一腔的热情都付诸新的生命、新的希望，付诸和保罗建筑一个温暖而幸福的家庭。多德无意间的一句话，却正将保罗与让娜、克拉拉的之间的关系，将追寻温暖幸福与寻找真相之间的关系概括了：

> "在两个人物之间，找出一个恰如其分的距离，比起找到干某件事情最恰当的时机，其难度可以说是难分上下。"[1]

应该如何把握追求幸福生活和找寻痛苦真相之间的距离呢？在温暖的让娜与冰冷的克拉拉之间应该如何抉择呢？

"她用镜头瞄准杀人者与被杀者的嘴脸。"[2] 这是克拉拉的女儿的父亲孔兹对她的评价。在女儿出生两年之后，克拉拉执意要去再度游荡，她厌倦了当时欧洲当时的气氛，人们都在"追求效率、千篇一律、忘记过去"，于是她去了美国。在那里她遇到了参加过越南战争的老兵，开始接触他们的生活，并拍摄他们。他们活着，但是"他们已经成了废人，彻底被摧毁了；杀死他们的，是某种比死亡更加精良的东西"[3]。克拉拉的作品精确地把这一可怕的怪物展现了出来。她反映战争的这一角度，是从来都没有人用过的。她深知战争给人造成的伤害，并勇敢地去追寻表现这个可怕的怪物。她并没有被自己心中积郁的情感束缚，反而利用这种对于战争的复杂情感去表现战争，在作品中将这种情感表达出来。克拉拉的每一次创作便是对战争的又一次批判，便是又一次情感的迸现。

---

①　皮埃尔·贝茹. 妖魔的狂笑［M］. 郭安定，译. 北京：人民文学出版社，2007：262.
②　皮埃尔·贝茹. 妖魔的狂笑［M］. 郭安定，译. 北京：人民文学出版社，2007：268.
③　皮埃尔·贝茹. 妖魔的狂笑［M］. 郭安定，译. 北京：人民文学出版社，2007：275.

在了解克拉拉的近况之后，保罗似乎看见"'妖魔'停止了大笑，在青草地上吃起草来。然后，"妖魔"静静地待在那里咀嚼，若有所思"。[①] 吃人的妖魔看到小男孩、小女孩已经长大，他们不再惧怕妖魔，不再惧怕战争，他们还要反过来揭露战争的丑恶面孔，这因为战争而疯狂的妖魔泄了气。妖魔也是战争所产生的恐惧的象征，孩子们不再害怕，那妖魔也就自然而然地消退了。保罗扪心自问，是否自己也只有在鼓起勇气面对痛苦过去的谜题之后，才能释然，才能更好地珍惜当下的幸福呢？

克拉拉（对于保罗来说）象征了过去的苦难，但实际上她自己从未放弃对自己心中疑问的追寻，反而是保罗自己心目中的谜题一直没有得到解答。时隔十五年之后，保罗和克拉拉再度相聚。克拉拉追寻着自己的疑问奔跑了十五年，在拍摄那些老兵时，在战场的穿梭中，克拉拉不停对自己提问：

> "我想搞明白的，不是单个人如何作恶——这是容易弄清楚的！——而是一群人怎么能够一块儿作恶，一块儿做出那么多的恶行来，以至于从某一个时刻起，任何人都无法制止恶行继续做下去，而与此同时，恐惧就像黑色的泡沫，不断地增生与扩散。"[②]

克拉拉勇敢面对自己的疑问不停地追寻着，也许还没有找到答案，但是她一直走在追寻真相的路上。但是保罗面对自己心里的疑问——父亲遇害之谜，却一直逃避着。

在克拉拉的鼓舞下，保罗终于鼓起勇气去找到爱德华舅舅的铁杆小弟莱恩，询问关于自己父亲之死的秘密。原来在战争期间，爱德华舅舅和警察勾结，将自己的犹太朋友出卖以换得他们值钱的家当。但也正是凭借着爱德华舅舅和德国高官们的交情，保罗的父亲才能在战争期间被捕后，从监狱中放出来。而战后，保罗的父亲也勉为其难地帮助爱德华通过了清洗这一关。之后爱德华又要倒卖战时所收敛的财物，保罗的父亲要阻止他，甚至威胁要告发他，因此在卢森堡公园遭遇了不测。

保罗最后来到爱德华舅舅的住所，要和他进行最后的正与邪的较量。但狡猾的舅舅对自己的行为供认不讳，丝毫不引以为耻，反而总结出自己的一

---

① 皮埃尔·贝茹. 妖魔的狂笑［M］. 郭安定，译. 北京：人民文学出版社，2007：276.
② 皮埃尔·贝茹. 妖魔的狂笑［M］. 郭安定，译. 北京：人民文学出版社，2007：291.

套理论：

> "恶，它也不是铁板一块，总会有缝隙。反过来说，善，也是一样啊！说到底，两者并没什么区别，背着抱着一边沉嘛！"①

面对这一番的讲话，保罗悄然离去了。多年来的疑问得到了解答，他却感到内心越发沉重。他羡慕母亲，母亲再次爱上了另一个人，他们去各处旅行，活得洒脱，真正地走出了过去的阴影。保罗在这时又想起了科勒斯泰因的那条林中的地道，他明白仇恨并没有什么用，这世界上就是有人做了恶，也要接受这一真相。其实多年来保罗一直在逃避真相，他可能早就猜到舅舅与父亲的死有关，但是他拒绝面对这一真相，而将对过去的一腔情感抒发在雕塑上。保罗回到家中与让娜和孩子们参加郊游，看到向远处奔去的一对儿女，他豁然开朗，这一切就是现在与未来，让娜和孩子们就是他最温暖的依靠，过的阴霾应该散去。尽管真相并不能让人心里更舒坦，但有勇气去面对才是最重要的，在这之后可以勇敢地走向未来，这才是人生的意义所在，才是过去创伤留给我们的财富。

罪恶还是善良，或许真的难以界定，就如《复仇女神》中所塑造的德国党卫军军官，以及帕特里克·莫迪亚诺一系列作品中各行各业的、身份中迷失的主人公，他们似乎都表达出这样的一种看法：

> "但我并不比别人坏多少，我只不过是随波逐流罢了。我对作恶并没有什么特别的兴趣。"②

事实的真相往往就是如此，没有人是彻底的魔鬼，也没有人是纯粹的天使。从这平庸的恶，这灰色的真相中汲取对美好明天的向往、继续前进的力量才是过去留给我们的馈赠。

食人妖魔寓言中的大镰刀也象征着死亡，在让娜去世的时候，保罗也"死"了一次；母亲去世时，保罗又"死"了一次；最后克拉拉也去世了，保罗就"死"了第三回。一个又一个在保罗人生中起关键作用的人倒在了与

① 皮埃尔·贝茹. 妖魔的狂笑 [M]. 郭安定，译. 北京：人民文学出版社，2007：307.
② 帕特里克·莫迪亚诺. 夜巡 [M]. 张国庆，译. 北京：人民文学出版社，2015：92.

时间抗衡的无形战役中。每个人的一生都是一场战争。在这一生之中，人们经历苦难、恐惧和伤害。

保罗将克拉拉当作了过去创伤的象征，他将自己对于克拉拉的情感与他对父辈创伤过去的情感连接到了一起。于是每一次他们的相聚，都像是过去创伤的又一次发作。对于克拉拉，和父辈的感情，都一直吸引着保罗，却又让他感到难受。而且这是一种挥之不去的情感，尽管有让娜作为温暖现实生活的象征，保罗依然为过去的梦魇所困扰。这都是因为他没有鼓起勇气去正面面对过去的真相。每一次的雕塑创作，都是保罗的又一次情感迸现。在许多年的积累之后，在克拉拉的帮助下，保罗终于揭开了真相的面纱。而对于克拉拉的情感，对于父辈过去的情感一直不会消失，也会一直作为保罗创作的灵感而存在。不同的是，保罗从内心接受，并跨越了这一创伤，并用从这跨越中获得的力量走向了未来，真正拥抱了积极温暖的生活，不再将让娜当作是逃避痛苦的解药，而是和她携手一起奔向未来生活。

保罗和克拉拉穷尽一生都想要解答生命中的疑问，想要跨越这创伤，克拉拉最后更是死在了战场上。在现时温暖而美好的生活中，保罗总是不安、担心，受着过去战争的困扰，一生都纠结于在对过去苦难的逃避与现实温暖幸福的追寻之中，在寻找苦难的缘由与享受快乐之间摇摆。然而面对痛苦过去之中的疑问我们不能逃避，要勇敢面对，不然会被过去不停地追着跑，喘不过气来，无暇顾及对真正幸福生活的追求。在找到这过去的疑问的答案之后，也要勇敢去接受，去放下。就像那被死神与魔鬼纠缠的骑士，要坚定自己的内心，才能抵达家园。过去应该放在脑后，甚至应该帮助我们更好地放眼现在和未来，追求真相，把握现实的温暖和幸福。

第三节　回眸历史——跨越创伤之修通（《布罗岱克的报告》）

跨越创伤的最后一步就是修通。修通意味着经历战争的一代或战后一代清楚地认识到：战争这一事件发生了，在战争期间，他们身上、他们的父辈身上确实发生了的可怕事情，并且因为这些事情而感到的害怕、愤怒、羞愧等种种情感，他们都能良好地表达和控制，并能够用现在的眼光去看待过去曾经受到的创伤，从中提炼出积极的意义，更好地活在现在，放眼未来。

菲利普·克洛代尔的小说《布罗岱克的报告》讲述的正是一段追寻并面对真相的旅程，这是主人公布罗岱克自己内心的真相，更是人类内心的真相。小镇上发生了针对外来的"那个人"的事件。而布罗岱克作为唯一在首都学习过的人，被推举来写一份关于"那件事"的报告。小说由布罗岱克对事件的调查与他和自己内心创伤之间的搏斗组成。事实上，正是对"那件事"的调查，让布罗岱克终于勇敢面对了自己的遭遇、内心的创伤，从而能够在调查结束时，跨越创伤，走向更宽广的未来。

　　《布罗岱克的报告》开篇第一句话就是：

　　　　"我叫布罗岱克，我同那事毫不相干。"①

　　布罗岱克只是一个经历过集中营的苦难刚刚回到家乡的可怜人，他不愿再被牵扯进任何复杂的事件中，他只想和别的人一样装作和平已经来到，再不去碰触心里那个无底的伤口。但事情发生了，真相就在那里，是不会消失的，逃避并不能解决问题、抚平伤口。

一、对于真相的逃避与追寻——三份报告

　　在菲利普·克洛代尔的小说《布罗岱克的报告》中，读者经常碰到并感到大惑不解的词便是"那个人"和"那件事"，作者始终在卖关子，迟迟没有清楚地说出它们到底指的是什么。首先，这是镇上人选择的称呼，他们对于真相选择逃避，甚至都不敢将"那个人""那件事"的所指清楚地说出来。其次，"那个人""那件事"可以被看作是广义的人和事，并不单单指一个人、一件事。这样的人或事让我们想到更多其他同类的人或事。话虽如此，我们还是认为有必要将"那个人"和"那件事"在小说中的所指做一介绍。实际上，"那个人"指的就是那位在战后独自到访小镇的陌生人，当然也是谜一般地被小镇人害死的不幸者；而"那件事"，说的便是小镇上的人将这个陌生人谋害的事件。

　　调查刚发生的"那件事"，写一份报告是由"他们"即凶手们向布罗岱克提出的要求。而"他们"在提出要求的当时，状态是这样的：

———————————

① 菲利普·克洛代尔. 布罗岱克的报告［M］. 刘方，译. 上海：上海译文出版社，2010：1.

"大多数人都握紧了拳头，或者把双手放在衣兜里，我猜想，那一双双手都紧握着他们的刀柄，甚至是刚刚……的刀柄。"①

"他们"便是"那件事"的背后黑手。这些凶手为什么要让布罗岱克去做这份报告呢？"他们"希望得到的又是怎样的一份报告呢？很显然，凶手们想要得到的是一份将这一事件合理化的报告，不将"他们"指认为凶手的报告，为"他们"找到一个必须做这件事的完美理由的报告。做这报告本身对于"他们"来说是在寻找摆脱罪恶感的解药。

首先，当年"他们"在战争中也曾同样出卖布罗岱克，并残害了他的妻子。"他们"的内心已充满旧时的罪恶，而这被隐藏的丑恶面孔被"那个人"揭发，这也就是"他们"再度作恶的原因。战争所造成的创伤，所展示的血腥而不堪的真相，在"他们"的内心中留下了不可愈合的伤口。"他们"象征了在战争中的施害者，但事实上也是战争的受害人，"他们"也被心中的创伤困扰。"他们"的做法是将过去掩埋起来，装作从不曾发生可怕的事情。这样并没有使创伤得到愈合，反而让内心中的罪恶在黑暗中积蓄能量，一旦时机到来便再次作恶。不然，"他们"也不会因为这掩藏的真相被揭露而爆发狂怒。这一份"他们"心目中的报告，是"他们"的内心想要为这罪孽找一个合理的原因，好让自己可以平静。"他们"像野兽一样杀死了猎物，但是"他们"需要一个能够说服大家，说服自己做这件事的理由——这是唯一的解决问题的方式，除此之外别无他法。"他们"知道这并不是真相，但是"他们"要的并不是真相，而是一个可以让人更舒适地活下去的理由。然而如果不直面真相，就永远无法真正跨越创伤，内心将永远无法获得平静。

寻找事件的原貌，这个过程对于要修通跨越创伤的受创者来说，就是一个从不愿面对走到必须要面对的过程。小镇上的男人们，也就是"他们"，知道真相就在那里，却选择不去看它，选择装作不明白，因为这样会减少内心的痛苦。但事实上，正是因为逃避真相，"他们"将会永远活在内心创伤的折磨之中，活在过去恶灵的控制之下。对于"他们"而言，布罗岱克所要做的这一份报告，目的不在于寻找真相，而在于寻找埋葬真相的理由。

其次，调查"那件事"，做这一份报告，也像是专门为布罗岱克准备的习

---

① 菲利普·克洛代尔. 布罗岱克的报告［M］.刘方，译.上海：上海译文出版社，2010：4.

题。随着事件调查的一步步推进，布罗岱克也不得不再次面对自己心中的创伤——那个"火山口"。他也在对曾经发生在自己身上的事做了一份报告，一份讲述内心真相的报告。这一"火山口"，这个真相，包括两个部分，一部分就是布罗岱克在集中营的经历，另一部分便是布罗岱克如"那个人"一样被"他们"陷害的经历。"那个人"象征了所有无辜的受害者、外来人，也可以说他是布罗岱克自己的另一个"分身"。就连他自己有时也觉得："他，可以说就是我。"① 不仅是这种同类人的感觉让布罗岱克在调查过程中对很多事情都感同身受，还因为布罗岱克实际上就曾亲身遭受过"他们"这一群体施与的暴力。探究发生在"那个人"身上事情的真相，实际上就是探究曾发生在布罗岱克自己身上事情的真相，那个他本来再也不愿面对的真相。

布罗岱克在调查"那件事"的同时，也记录着自己的故事。布罗岱克想要做一份忠实记录真相的报告。当时，跟他一起被运去集中营的大学生克尔玛在临死前就曾经对布罗岱克说过：

　　"你应该讲述，讲述发生的一切。你要讲车厢里的事，也要讲今天早上的事，布罗岱克，为了我，你应该讲，为了所有的人，你应该讲……"②

这里所说的一切，便是战争迫使人发生的一系列转变，使得人爆发出人性最丑恶的一面的过程。为了克尔玛，为了布罗岱克自己，这一切应该被讲述。这是为了纪念克尔玛短暂的生命，也是为了布罗岱克可以面对真相，跨越创伤。为了所有人，则更应该讲述这一切，那是因为应让人们了解战争的可怕，战争给人类带来的伤害。要了解战争的真相，这一真相就是，战争不仅是夺人生命的妖魔，它还激发出人类最可怕的一面，使他们变成一个个恶魔。而这内心中的恶魔则会在战争结束之后寄生在人们内心的创口上。

关于"那件事"的报告，关于布罗岱克所经历的集中营生活的报告，是必要而必需的。因为真相应该要被记录下来，好让我们可以去面对真相，不去逃避。战后，人们想做的就是遗忘并掩盖真相。但这只会让人的内心被困在过去，受到更大的折磨。战争激发出了每一个人心中最为黑暗与可怕的一

①　菲利普·克洛代尔. 布罗岱克的报告 [M].刘方，译.上海：上海译文出版社，2010：2.
②　菲利普·克洛代尔. 布罗岱克的报告 [M].刘方，译.上海：上海译文出版社，2010：56.

面，这是残酷的，这是它给所有经历战争的人带来的伤害。只有直面自己这丑陋的一面，接受内心创口的存在，受创者才能真正从创伤中走出来。

最后，"那个人"当年来小镇也是在做一份报告，他详细记录了这里的山山水水，和每一个人。并在他的记录完成之后，把这些用画作的形式展示给小镇的人作为感谢。但他忠实的记录则让小镇人感到害怕。这种害怕早在画作欣赏会开始之前就已经存在了。"他们"担心，"那个人"会发现被"他们"隐藏起来的真相，"他们"觉得"那个人"另有所图，甚至怀疑他是上帝派来的记录员。而他的这些画正验证了"他们"的想法。"他们"在画作中看到了自己，真实的自己，所有内心中那丑恶的点点滴滴都被淋漓尽致地表现了出来。而这使"他们"感到无比的羞愧和愤怒。"他们"无法面对一份展现出"他们"真实内心的报告。内心中的恶魔再度占据了主导地位，于是"他们"再次做出了一个一致的决定，把"那个人"干掉。

事实上，这一事件是"他们"情绪的发泄，"他们"再也受不了有一个人看穿了"他们"伪善的面孔，不停提醒着"他们"内心那最丑陋阴暗的一面。这种内心中的恶被揭穿的感觉，这种羞愧的情绪将"他们"的愤怒推向了失控的边缘。"他们"将"那个人"杀害了，"他们"将找到真相的人杀害了，但这并不能够掩埋真相，不能够停止折磨"他们"内心的苦难。"他们"并不是恶魔，只是些普通人，一些农民、做手工活儿的、农庄伙计，等等。"他们"被自己心中迸发出的邪恶吓坏了，"他们"需要一个理由来平复自己的内心，"他们"需要"看'报告'的人理解我们，原谅我们"①。施害者也希望被理解、被原谅，"他们"不需要面对真相，只希望被原谅，好把这件事遗忘。"他们"因为害怕面对真相，而想找到一个冠冕堂皇的理由，通过撰写一份虚假的报告来骗取自己良心上的平静，获取别人的原谅。而这一份他们所期待的只是表面文章的报告，并不能代替"他们"内心中给自己做的报告，那一份承载着真相的报告。这也就是为什么"他们"面对"那个人"的报告（画作）感到震怒，也是为什么他们需要布罗岱克撰写一份冠冕堂皇的报告的原因，因为他们没有勇气面对真相。

二、真相之外来人——"那个人"与布罗岱克

"那个人"，一个完全的陌生人，在战后千里迢迢地来到了这个偏僻的小

---

① 菲利普·克洛代尔. 布罗岱克的报告 [M]. 刘方，译. 上海：上海译文出版社，2010：11.

镇。而这之前，也是在一场战争后，布罗岱克在大火中被费多琳救起，他们二人同样作为陌生人，驾着大篷车从远方来到了这个小镇，并扎下根来。布罗岱克和"那个人"都是这个小镇的陌生人。而陌生人的存在本身，就是对小镇人的考验。他们使得镇上人在特殊情况下，向自己的内心提出了疑问。

在布罗岱克和费多琳多年前费尽千辛万苦到达这个陌生的小镇时，镇上的人还不害怕什么陌生人。但在战争后，"那个人"的到来却使全镇的人都警觉起来。当年小镇上的人为布罗岱克和费多琳准备了一个简陋的屋子，甚至之后还资助布罗岱克去上学读书。但也正是同样的一群人，面对着同样的布罗岱克做出了不可原谅的恶行，并且对战后来到镇上的陌生人"那个人"做出了更为残忍的事。"他们"所谋杀的不仅是一个人，或一类人，同样还包括"他们"内心仅存的一点点善良。

经历过集中营生活的布罗岱克，学会了把自己隐藏在人群中：

> "我学会了不要提太多的问题。我也学会了用墙壁的颜色、用大街上尘土的颜色来装扮自己。这并不困难。我与任何东西都没有相似之处。"①

因为他知道，不表现出与别人的不同，是活下去的唯一方法。不管在集中营里还是在小镇上，布罗岱克都意识到，只有融入人群中，不引起任何注意，才能避免种种危险。而事实上，这是一种违背人性的想法，从本性上说，毕竟每个人都是不同的，都有权利拥有不同的想法，他们都是一条鲜活的生命，都应该受到尊重。"混同于众人"这一在极端条件下的求生本能，泯灭了作为一个人的基本权利。而这一本能甚至还延续到了战后，布罗岱克深知与别人不同是危险的，他也努力使自己融入人群中。但他再怎么努力也都无济于事，因为他本身就是与众不同的，他就是这个小镇上的陌生人，这一点是无法改变的。即便他认为自己隐藏得很完美，人们还是能一眼就看出他的不同。布罗岱克在发生"那件事"之后来到客栈，然而情况是——除他之外的所有人都是"那件事"的参与者。他还是被镇上的人孤立起来了，因为，从本质上他和"那个人"是同一类人，是这个小社会中的陌生人、异类。他别

---

① 菲利普·克洛代尔. 布罗岱克的报告 [M]. 刘方，译. 上海：上海译文出版社，2010：5.

无选择地成为不同于大家的人。

正是与众不同这一点葬送了"那个人"的性命。他的与众不同虽是符合人性的，却同时又是很特别的：他给自己的马和驴子都起了名字，并和它们讲话。他抚摸流浪狗，仿佛那不是一只狗，而是一个人。"那个人"是善良人性的象征。另外，布罗岱克和"那个人"都对各种植物很感兴趣，布罗岱克还在"那个人"的房间里欣赏过他的植物图册，图册中便有大学生克尔玛讲述过的、布罗岱克一心寻找的"溪涧长春花"。这一种似乎早已消失并不真实存在的花，就像人们心中的善良，只是记录在书中，在现实里却再也找不到了。

"在罪犯中唯我无罪，这与在无罪者当中唯我犯罪归根结底是一回事。"①

布罗岱克意识到，在"那件事"发生之时，全镇除他之外的所有男人都聚集在客栈里，这本身就是他与众不同的又一次体现。正如第一次"他们"将他出卖时一样，他始终是这个小镇上的陌生人。当他从集中营死里逃生历尽千辛万苦回到小镇时，看到他的人都惊讶万分，关门闭户，好像生怕他是来复仇的。"他们"的眼中流露出"就像那些细小生物准备撕咬羁绊它们有限前途的一切时的那种表情"②。他是"他们"选中祭献给死亡的贡品，"他们"试图用他的生命保全"他们"自己。"他们"努力在他被送走的期间说服自己，这是没有办法的选择，现在要做的就是要忘记过去，继续生活。而布罗岱克的归来，对于"他们"是噩梦的继续，是冤魂要回来报仇。他知晓"他们"的恶行，见识过"他们"的真面目，而"他们"想要的只是带着"他们"的假面具继续营营役役的生活，"他们"不想要再次面对危险，面对真相。所以布罗岱克的出现使他们厌烦、恐惧。而"那个人"对于小镇很了解，他甚至知道客栈的名字，他同样就像是一个来自过去的，熟知小镇的人重新回来。他像是来自过去的幽灵，像是布罗岱克的另一个分身。而且他不像布罗岱克那样不再敢提出疑问，他想要探究出镇上每个人的内心，记录下他们真实的面目。他让小镇人感到害怕的，也正是他既知道一些事情，还要打探

---

① 菲利普·克洛代尔. 布罗岱克的报告 [M]. 刘方，译. 上海：上海译文出版社，2010：63.
② 菲利普·克洛代尔. 布罗岱克的报告 [M]. 刘方，译. 上海：上海译文出版社，2010：64.

所有他不知道的事。

小镇上的人对"那个人"的来历也有自己的想象：

> "也许他画的一切，都像教堂的《圣经》里说的，是象征及诸如此类的东西，那是一种表达方式，说明大家现在如何，过去干过些什么，以便报告给他来的地方……"①

在他们的眼中，"那个人"如末日天使一般来到这个小镇，对每个人进行清算，将每个人的过去，内心的善与恶都记下来，画进他的画中，成为一份他做的报告。"如果那本子起着你刚才说的作用，那就绝不能让它从我们这里出去！"② 小镇上的人十分清楚自己在过去做下的恶行，"他们"生怕这一丑陋的真相被公之于世，"他们"害怕在最后审判时，这样的一份报告会让"他们"上不了天堂。"他们"决不能让真相被发掘，被讲述，被传播，他们太害怕了，而恐惧会使人发疯，就像"他们"一开始作恶时一样。

虽然二人有相像之处，但布罗岱克认为，"那个人"更具有某个圣人的光辉：

> "有些人与它（光辉）不期而遇时常常会把它当成另外的东西，风马牛不相及的东西，当成冷漠、嘲弄、阴谋、冷淡或傲慢，也许是轻蔑。他们错了，于是他们大发雷霆。有人还会做出最坏的事。显然正因为如此，圣人永远会成为烈士。"③

于是，这带着神圣光辉的记录，这本来可以帮助人跨越创伤的记录，被人误解，被人认为是要加害"他们"。然后，这记录便给它的主人带来了杀身之祸。

就像布罗岱克所说的，他和"那个人"与在集中营里的人一样：

> "都是同样骨瘦如柴的体形，同样瘦削的脸。我们已经不再是我们自

---

① 菲利普·克洛代尔. 布罗岱克的报告 [M]. 刘方，译. 上海：上海译文出版社，2010：98.
② 菲利普·克洛代尔. 布罗岱克的报告 [M]. 刘方，译. 上海：上海译文出版社，2010：98.
③ 菲利普·克洛代尔. 布罗岱克的报告 [M]. 刘方，译. 上海：上海译文出版社，2010：40.

己，我们已经不属于我们自己，我们已经不再是人。我们只是一个抽象的种群。"①

布罗岱克和"那个人"，和千千万万个被送去集中营的犹太人一样，在战争时，他们已经不是和别的人一样的存在，他们是异类，他们是陌生人。犹太人在长达几个世纪的迁徙中，在几乎每一个地方都被当作外来人、异乡人。而这样的历史也构成了他们在二战中更容易被迫害的一个原因。他们被作为目标正是因为他们的与众不同。他们对于其他人来说，已经只是一个名词，一个可以被牺牲的对象，一个似乎不该再存在的群体。而在战后，他们也是一个不该继续存在，继续被提起，从而引起人们恐惧内疚的群体。在小镇人的眼中，外来人布罗岱克和"那个人"都应该消失。

三、真相之恐惧——刽子手与受害者

一切的罪恶都源于恐惧。恐惧是使人做出超过底线事情的原因，《布罗岱克的报告》中描写的这个世界是由恐惧在统治，小镇上所有的人所做的事都是因为恐惧。布罗岱克知道，即便自己在那天夜里也出现在客栈，也无法阻止"那件事"的发生，他很清楚自己应该会胆怯，而这样的想法让他感到自己也很可憎，自己竟与那些想要凭借报告证明自己清白的人其实并没有什么区别。确实，在某种情境中，在某种状态下，人事实上并没有很多的选择。人所做的，无非是为了自身的生存，是因为恐惧。刽子手与受害者之间的距离也许仅仅是这一层恐惧。而这种恐惧会由个人的恐惧进而蔓延成为集体的恐惧，由犯下罪行的原因，演变成为隐瞒真相而再次犯罪的动机。

小说主人公布罗岱克本人也在集中营里经历了自己内心中的极度恐惧：

"那是全面黑暗的年代。我的意思是，在我的一生中，我感到有一个非常黑暗、深不见底的空洞，为此，我管它叫 Kazerskwir——火山口，到如今，我还经常在夜里冒险去那火山口的边缘走走。"②

集中营是布罗岱克的噩梦，是他不愿回想，但又会一直困扰他的，内心

① 菲利普·克洛代尔. 布罗岱克的报告 [M]. 刘方，译. 上海：上海译文出版社，2010：67.
② 菲利普·克洛代尔. 布罗岱克的报告 [M]. 刘方，译. 上海：上海译文出版社，2010：67.

中隐隐作痛的伤口。因为，在集中营里，布罗岱克和他的同类人，每时每刻都活在对死亡的无限恐惧中。这样的恐惧使得他们异化了。"我像狗那样吃饭，手脚伏地，只用嘴。我却活了下来。"① 在这种极端的状况下，为了能够生存，人可以超越自己道德的底线，甚至是生理的底线，做出令自己都难以相信、难以接受的事情。这便是每个人的恐惧，对于死亡的恐惧。

小说中有这样的一段描写：战争期间，驻扎在小镇上的德国军队军官，在要求小镇进行清洗的时候，向镇长讲述了"火焰王"蝴蝶的现象：

> "它们往往能容忍自己的群体内存在其他种群的蝴蝶，然而，一旦有一只捕食类动物闯入它们的群体，'火焰王'之间似乎会互相通报，用一种不知什么样的语言，……于是，被鸟吃掉的就是它们。'火焰王'把一个猎获物送给捕食动物，就保全了大家的性命。"②

这又何尝不是人类社会的缩影。在感到自身生命受到威胁的时候，恐惧使得整个群体最先祭献出他们之中的异类、陌生人，去为他们挡死、当替罪羊。《圣经》中，上帝为了考验亚伯拉罕的忠诚，让他将自己99岁才得到的儿子以撒作为祭品献给上帝。于是亚伯拉罕带着以撒上山准备用刀将其杀死。正当其时，天使来告诉亚伯拉罕：这只是为了考验他对上帝的忠诚，并让他杀掉树林里的一只羊以替代以撒。这便是替罪羊的来历。而在此处，在这个小镇上，当人们面对威胁时，不再忠于自己的信仰和良心，他们直接找了替罪的羔羊，好让他们自己幸免于难。小镇上的外来人成了被出卖的对象。他们希望这只替罪的羔羊不仅能够代替他们去死，也将他们的罪恶一并带走，永不再回来。但他们忘记了自己内心的罪恶感是无法被别人带走的。

这样的一场恶行，使得这些人被心中的罪恶捆绑在一起。"他们"全都是凶手，但众多的人数并不能改变恶行本身的性质。"他们"内心中都很明白自己出卖了前一天还生活在他们中间的邻居，出卖了自己的良心。但"他们"都暗自同意放过布罗岱克的养母费多琳和妻子艾梅莉亚，这在布罗岱克看来是一种赎罪，是"他们"为了让自己能够在内心中留下一点善良的空间，而这一点空间使得"他们"能够带着犯罪感继续活下去。恐惧让集体中的陌生

---

① 菲利普·克洛代尔. 布罗岱克的报告 [M]. 刘方，译. 上海：上海译文出版社，2010：17.

② 菲利普·克洛代尔. 布罗岱克的报告 [M]. 刘方，译. 上海：上海译文出版社，2010：214.

人被牺牲，被出卖。这种集体的恐惧，让被害人感到来自整个世界的深深恶意，感到绝望。这便是集体的恐惧的力量，顺从的力量。

布罗岱克深知，对于死亡的恐惧可以迫使人做出怎样的改变：

"最主要是另外一些人感到的恐惧使我变成了牺牲品。因为恐惧攫住了某些人的咽喉，我才被出卖给了刽子手。而那些刽子手，那些昔日跟我一样的人，也是恐惧把他们变成了魔鬼，恐惧使他们身上恶的胚芽不断繁衍成长，而在我们自身也都存在着这样的胚芽。"①

是对死亡的恐惧绑架了人们的内心，它像一条蛇一样缠绕着，让人们不得不将自己心中的邪恶吐露出来。在极端情况下，为了保全自己，人们可以做出许多平日想都想不到的事情。特别是当这种情况发生在一个群体中间时，"他们"会认为这是维护了大多数人的利益，这是逼不得已，这不是一个人的责任。甚至"他们"会认为这不再是一种恶行，因为"他们"会有无数的理由说服自己，然后再将此遗忘重新开始生活。这便印证了上文提到过的由德国哲学家汉娜·阿伦特提出的平庸的恶的概念。每一个参与到这场恶行中的人都是邪恶机器上的一个齿轮，也许他们每一个人都是迫于压力、威胁而做出了不得已的事，但是这一件件事串联起来便出卖了整个人类的良心。这使人内疚，但是"他们"自己内心这一真实的面孔，会使"他们"自己也感到害怕。遗忘和重新开始是不可能的，因为它们的根源也是恐惧，是害怕面对过去自己犯下的罪恶，是害怕面对真实的自己。

恐惧一直挟持着人类，无论是刽子手还是受害者。布罗岱克自己深知这一点，因为他既是刽子手又是受害人。是他在火车上亲手抢走了婴儿最需要的救命水，也是他在集中营里为了活命不惜放下人的尊严而装成狗，他亲身经历了每天面对死亡的威胁，每天中的每时每刻都活在恐惧之中。他最了解恐惧会将人变成什么样，会将人的极限推到哪个程度。因此他越来越理解刽子手们。

布罗岱克虽有些极端却不无道理地认为，经历过集中营并死里逃生的人，会"在心底里永远保留着部分后遗症"：

---

① 菲利普·克洛代尔. 布罗岱克的报告 [M]. 刘方，译. 上海：上海译文出版社，2010：211.

"从此以后遇见所有的人都会思忖，那些人的眼光深处是否存在着想追捕、拷打、杀戮的愿望。我们已经变成了永恒的猎物……我相信，到我们死去为止，我们已经成为被摧毁的人类的记忆。我们是永远不能愈合的伤口。"①

对于集中营的受害者来说，恐惧已经成为他们的日常生活。即便战争结束了，这一超过普通人承受范围的经历仍会一直影响着他们。每一天的黄昏都带给他们无限的安慰，对他们来说，这意味着生命又延续了一天。他们防备着所有的人，因为很有可能自己在别人的眼中就是猎物，是杀戮的对象。他们深知人类可以在破坏与残杀的路上走多远。

在战争快要结束的时候，集中营出现了暴乱，情况完全反转了，"原来恐惧已经变换了阵营"。②看守们匆匆逃走，他们生怕会在这群昔日遭他们蹂躏的人手下丧命。而在最后，所有的看守都逃走之后，唯独那个曾每天抱着孩子观看绞刑的"吞噬生灵的女人"出现了。但是这时，她成了这一群体中的异类，她成了被抛弃的人。最后她死在了犹太人群中，手里还紧紧攥着刻有她孩子名字的项链。也许正是为了来取这项链，她才在离开集中营之后又返回。并没有人来攻击她，大家只是这样机械地向前走着，把她带倒，踩了过去，她死在了前进的人群中，死在了众人的脚下。在终于逃离地狱可以拥抱新的生活的时候，她返回了地狱，并永远留在了那里。

布罗岱克从集中营死里逃生后回到家，当他站在家门口时，他突然想到了死在集中营众人脚下的这个"吞噬生灵的女人"。他异常害怕，害怕自己离开地狱回到家的时候会突然死去。他那长期被死亡、恐惧占据的心灵知道，死神就等在那里，死神才不在乎死去的是施害者还是受害者，他统统都会吃下去。正是因为这样，每个人才如此惧怕死亡。死亡并不会因为你做了许多善事就放过你，所以在死亡的威胁下，在恐惧的阴影下，每个人都有可能做出超出自己良知想象的事。死亡这一黑暗的魔鬼激发出了人内心中邪恶的一面，而战争将死神带到了每个人的面前、心里。

这样的一个布罗岱克，其内心的感受就像莫迪亚诺小说《夜巡》中的主人公，觉得世界上没有人可以相信，甚至对于自己都产生了疑惑，"无论对我

---

① 菲利普·克洛代尔. 布罗岱克的报告［M］. 刘方，译. 上海：上海译文出版社，2010：136.
② 菲利普·克洛代尔. 布罗岱克的报告［M］. 刘方，译. 上海：上海译文出版社，2010：105.

们的同类，对我们自身，还是对可能存在的救世主，我们都不抱任何希望"。①因为在那趟开往集中营的火车上，在死亡的威胁下，布罗岱克已经出卖了自己的善良，人类如果连自己都可以背叛，那还有什么信仰可言呢?

对于整个人类来说，经历过集中营的人就是一段可怕历史的"代表"，恐怖回忆的"代表"。而这痛苦的回忆显示了人类残忍、非人性的一面。对于经历过战争折磨的大多数人来说，这是一段痛苦的、想要忘却的历史。这一群人的存在本身就一直提醒着"他们"人性丑恶的一面，那大多数人不愿承认的一面。于是这一群人的存在本身就变成了人类历史上的一道伤口，一道没有人愿意去触碰的伤口。

但是如果不去清理伤口，那这伤口就会感染、蔓延，会使整个躯体生病。虽然清理并再度缝合好伤口并不能改变留下疤痕的事实，但这才是处理伤口正确的方式。必须接受这样的事实：既然躯体受到了伤害，那么只有对伤口进行清洁、消毒，再缝合好，伤口才会变成伤疤。害怕拿掉腐肉只会导致更严重的感染。对应来说，内心的创伤也要勇敢面对事实，勇敢地回想继而承认自己对于事件的强烈情感，然后才能理性地看待这一事件，让自己从内心接受并跨越这一过去。

这一道理虽简单，但似乎很多人都不会把它应用在内心创伤的治疗上。太多的人选择了逃避。而事实上，这一创伤是无法逃避的，必须要鼓起勇气去回头，去再度审视过去，才能治愈历史留给今天的伤口。

在《布罗岱克的报告》中，在战争后期，占领小镇的德国兵在一段时间的小心谨慎过后，开始重新恢复他们魔鬼的面孔。而镇上的人们也就重新开始害怕。恐惧再一次蔓延。人们想往这怪物的嘴里填喂食物，以保证它的满意，不至于再来伤害他们。于是，被"镇上人"搭救的三个外来女孩和艾梅莉亚成了牺牲品。她们被德国士兵强奸了。而布罗岱克那可爱的小女儿波普切特就是这暴行的结果——艾梅莉亚遭强奸后生下的孩子，但是布罗岱克敢于正视这一结果，把她当作自己亲生的女儿一样疼爱：

"从丑恶中能诞生美丽、纯洁和优雅。……你是黎明，是明天，是所

---

① 帕特里克·莫迪亚诺. 夜巡 [M]. 张国庆，译. 人民文学出版社，2015：70.

有的未来；你的前途无量，这才是关键。"①

小姑娘波普切特象征了经历过丑恶过去的现在，她来源于罪恶，却是美丽的化身。即便过去的罪恶再深重，我们也不能遗忘过去，因为正是过去造就了现在。同样我们也不能停留在过去，因为有更加美好的未来在前方。布罗岱克不再害怕面对过去，因为他相信未来充满了希望，而波普切特就象征着希望。

这就如爱尔兰电影《房间》（*Room*）所讲述的故事一样，出生于令人恐惧的过去的孩子，如同一朵象征希望的花朵，带着他们的父母奔向更美好的将来。电影《房间》讲述了女孩乔伊被人拐骗之后，被囚禁在一个房间七年的故事。其间她被强奸并生下了儿子杰克。她照顾孩子并把这个房间营造成他幸福的小天地。他成了她活下去的信心和希望。最后他们也在百般努力之下逃出了这个房间。之后，那个房间成了乔伊再也不愿提起的话题，但是，对杰克来说，那是他美好童年的象征，他十分愿意回去看看。

《布罗岱克的报告》中的波普切特和《房间》中的杰克这两个孩子，都诞生于丑恶的过去，但是，无可否认的是他们本身的美好与纯真，以及父母对于他们的爱。这一从淤泥中不顾一切长出的清丽莲花，似乎正告诉我们，再沉重丑恶的过去也不能伤害心怀美好与爱的灵魂。对于过去的真相，我们不应害怕，而是要去勇敢面对，只要用心去跨越创伤，修通过去与现在的桥梁，痛苦便会消散，我们可以更好地向前，去寻找美好的未来。

四、接受真相才能跨越创伤

可以说，《布罗岱克的报告》整部小说便是布罗岱克的一个追寻真相、跨越创伤的过程。象征权威的村长奥施威尔让布罗岱克不要去寻找那些不存在的事。"它们不知道什么叫悔恨。它们活着。它们不知道什么是过去。"② 村长指着他的猪向布罗岱克这样说道：大多数人只想更为简单地活下去，"他们"并不在乎过去，不在乎真相，"他们"不想让过去的恶行一直纠缠着"他们"不放，所以"他们"要掩埋过去，要找一个合适的理由原谅自己，

① 菲利普·克洛代尔. 布罗岱克的报告 [M]. 刘方，译. 上海：上海译文出版社，2010：248.
② 菲利普·克洛代尔. 布罗岱克的报告 [M]. 刘方，译. 上海：上海译文出版社，2010：34.

要遗忘。但事实上，过去是不能够彻底被遗忘的，人不是牲畜。如果没有真正面对过去的事实，只是把它掩藏起来，那过去的恶灵便会一直回来纠缠。就像"那件事"又何尝不是过去的恶魔回来纠缠所导致的结果呢？一味地掩埋过去，逃避真相，并不能解决问题。

"战争使各家各户的宅门关得更紧，使每个人的心灵更加封闭，战争把宅门和心灵锁得严严实实，让锁在那里面的东西躲避着阳光。"①

战争带来黑暗，这让人最丑陋的一面暴露出来，也让人们心中那黑色的恶魔显现出来。人们本以为在黑暗中做什么都没关系，殊不知总有一天"他们"内心中那阴暗的一面会被展现在阳光下，那黑色的恶魔会被放在聚光灯下。而不能面对这一丑陋真相的只有"他们"自己。"他们"不敢面对的实际上是丑陋的自己，"他们"自己都没有办法原谅自己的恶行。于是他们掩埋真相，希望继续好好生活，但又因为真相被揭露，而再度暴露出黑暗中的可怕面孔。

小镇上唯一的神父——派佩已经快要不信上帝了，他认为上帝早已离他们而去，而他的所作所为只是勉强撑起教堂的门面。战争之前，上帝还在人们的身边，但是战争改变了一切。人们厌倦平静的生活，战争给了"他们"杀戮、摧毁一切的可能。于是"他们"抓住这个机会，做尽了以前禁止的事，甚至摧毁了人们一直以来辛苦建设起来的一切。不只是物质方面，人们的心灵也受到了血的洗涤。太多的人在杀戮过后，在犯下自己都不能饶恕的罪行之后，来找神父忏悔。派佩神父始终坚持着自己的原则，那就是为忏悔者保密。但这让他不堪重负。他对布罗岱克说道：

"我知道一切，布罗岱克。一切。你甚至没法想象这一切意味着什么。"

……

"人类好奇怪。他们犯下滔天罪行时毫不犹豫，但后来却再也没法带着所犯罪行的记忆生活下去。他们必须摆脱这个记忆。……我是下水道，

---

① 菲利普·克洛代尔. 布罗岱克的报告 [M]. 刘方，译. 上海：上海译文出版社，2010：146.

布罗岱克。"①

人们将骚扰自己的内心中的恶魔一股脑倾倒出来，将自己曾犯下的罪恶通过忏悔推送到神父这个"人——下水道"里，之后开始新的生活。而"人——下水道"则再也没有别的渠道可以倾诉，他背负着十字架，他背负着所有人的罪恶。如果每一个人都无法面对自己内心的罪恶，那么神父要如何处理所有人的罪恶呢？而且他需要原谅那些罪行，而他不知该如何原谅。他看到他的信徒时，看到的是"他们"伪善的面孔下那肮脏的内心。

"你为不得不讲述滔天罪行而感到孤独无援，而我，我为不得不原谅那样的罪行而感到孤独无援。"②

布罗岱克要做这一份报告，神父要聆听"他们"的忏悔，他们二人都在做一件使得"他们"可以忘掉过去，重新开始生活的事。这是"他们"想要的，却不是真正摆脱内心恶魔的方法。每一个人内心的罪恶，都必须要自己去面对。一份让人宽心的报告，一次忏悔，都不能改变在过去犯下的罪行，都不能使那浸在鲜血中的心灵恢复纯净。"他们"一直在逃避真相，因为真相使"他们"痛苦，使"他们"无法接受。但真相就在那里，不会消失，逃避和掩盖都不能解决问题，只会让人备受煎熬。

"那个人"是真相的记录者，是将真相挖掘出来，摆在小镇人面前的真相使者。"那个人"为了感谢小镇人的接待，特意在客栈举办了画展，并邀请所有人来参加。这些画作中包括镇上人的肖像画，还有风景画。那个人特意提醒大家：

"请把我的拙作当作对你们的敬意吧。请别在其中看出别的东西。"③

然而不幸的是，一语成谶，小镇上的每个人都在画中看到了自己的内心，自己的过去，还有那最不愿面对的丑恶的真相。就连风景画，也似乎都讲述

---

① 菲利普·克洛代尔. 布罗岱克的报告 [M]. 刘方，译. 上海：上海译文出版社，2010：124.
② 菲利普·克洛代尔. 布罗岱克的报告 [M]. 刘方，译. 上海：上海译文出版社，2010：125.
③ 菲利普·克洛代尔. 布罗岱克的报告 [M]. 刘方，译. 上海：上海译文出版社，2010：251.

着自己的故事，讲述着它们曾经见证过的一切，那些曾经发生在那里的罪恶。"那些画讲了永远不应该讲的事，揭露了人家有意掩盖的真相。"① 于是观展的人们被激怒了，"他们"一心掩藏的真相就这样被公之于众。这真相的揭露带来了可怕的结果，当晚，所有的画便被撕下来抛入了火中。

翌日，镇长特地来拜访"那个人"，询问他来到小镇的原因。而"那个人"面对镇长的威胁，毫不退缩，他说道，"战争蹂躏也揭露……"②他甚至觉得，战争所带来的恐惧、邪恶正显示出了人们的内心。而他的画正是提醒"他们"应该要面对自己内心中的真相。但这并不是小镇人所想要的，"他们"想的只是埋葬过去，继续生活。于是"那个人"展示真相的行为激怒了愚蠢的小镇人，为他招来了杀身之祸。"他们"先是杀害了"那个人"的马和驴，以威胁他。而这恰恰是与"他们"的愿想——早日摆脱"那个人"——背道而驰的，"他们"剥夺了"那个人"的交通方式，反倒让"那个人"走不成了，也让最终的残杀成为必然。

"那个人"在神父眼中是上帝的最后一个使者：

> "他像一面镜子……他照出了每个人的模样。……而所有的镜子，布罗岱克，都只能以破碎告终。"③

神父所做的是接受所有人的忏悔，并原谅"他们"的罪行，但"那个人"所做的是让每个人都看清自己内心的罪恶，好从过去的罪恶中真正解脱出来。这本是小镇人救赎自己的机会，却激怒了逃避真相的"他们"。人们的心在战争中、杀戮中变得疯狂，于是"他们"只想到一种解决方式，那就是毁灭。"他们"相信只要摧毁了一切，那么就可以重新开始，所以就去打碎一切使"他们"不悦的东西。一如人们对战争的看法一样，"他们"认为摧毁一切就能带来新的秩序。物质也许可以重建，但是人的内心一旦打碎就再也无法弥补。"他们"在暴行中，摧毁的是别人的生命，但打碎的却是自己的心。"他们"逃避的真相，却并不会在这暴行中消失，只会变得更加庞大。这黑色的真相侵袭着"他们"的内心，越是不愿面对，就越是会为之所累，从

---

① 菲利普·克洛代尔. 布罗岱克的报告 [M]. 刘方，译. 上海：上海译文出版社，2010：256.
② 菲利普·克洛代尔. 布罗岱克的报告 [M]. 刘方，译. 上海：上海译文出版社，2010：263.
③ 菲利普·克洛代尔. 布罗岱克的报告 [M]. 刘方，译. 上海：上海译文出版社，2010：127.

而形成一个死循环。

布罗岱克一开始对于"那个人"的到来感到高兴不已，认为"那个人"是像阳光般的存在。但布罗岱克没有想到的是：

> "阳光有时也会变成妨碍别人的东西，阳光照亮世界，使世界光芒四射，但虽然无意，也会照出人们竭力藏匿的一切。"①

对于一个善良而真诚的人，使自己丧命的往往便是善良和真诚。还是老费多琳更了解人性，对于"那个人"的到来，她只说道："这一切都不妙，不妙……畜群终于平静下来时，就不应该给它们理由重新骚动。"②"那个人"作为寻找真相的使者，给镇上人带来了无尽的恐惧。"他们"是如此害怕那被掩藏的真相被别人发现。而这恐惧便会让人做出可怕而愚蠢的事情。

恐惧在群体中更容易滋长，布罗岱克发现：

> "好长时间以来，我总是躲开人群。我回避他们。我知道，他们是一切或几乎一切的根源。……事实真相是，群众本就是魔鬼。"③

人类的恶行往往都是以群体的形式犯下的，人群就是恐怖的根源。在群体之中，人们就可以把自己的罪恶分摊到每一个人的身上，似乎这恶行就不是自己的责任。在人群这一温床中，人类内心中的恶魔跳出来，并互相鼓舞着越长越大。有时，人们在人群中突然瞧见镜子中的自己，都会被吓一大跳。而这真相阳光偶尔的照射却并不能阻止人们心中恶魔的滋长。恐惧召唤出了人们内心中的恶魔。布罗岱克与"那个人"的悲惨遭遇，就是群体做出的残忍决定。作为群体中的陌生人、少数派，就是在极端状况下会首先被选择牺牲的对象。人性之恶原本就在个人的内心中，战争只是这一恶魔成长的催化剂。作恶之人不能面对的正是自己内心中的这一恶魔。"他们"希望可以把责任推脱给战争，推脱到别人身上。自己内心中存在恶魔，这一真相对于有些人来说实在太沉重了。"他们"宁愿用假象来替代血淋淋的真相，因为"他

---

①　菲利普·克洛代尔. 布罗岱克的报告 [M]. 刘方，译. 上海：上海译文出版社，2010：144.
②　菲利普·克洛代尔. 布罗岱克的报告 [M]. 刘方，译. 上海：上海译文出版社，2010：143.
③　菲利普·克洛代尔. 布罗岱克的报告 [M]. 刘方，译. 上海：上海译文出版社，2010：158.

们"所想要的"只是活下去。活得尽量少些痛苦。"①

那在清洗之夜，自告奋勇用乱棍打死老者的少年，看着那沾满鲜血和骨头碎渣的长棍：

> "对他适才犯下的丑恶罪行的憎恶仿佛深深进入了他的血管，流入他的四肢，流入他的肌肉、他的神经，侵入他的大脑，使他的大脑得到洗涤，洗净了一切污垢。"②

这真相阳光的照射会让少年幡然醒悟吗？他可以面对自己心中嗜血的恶魔吗？大多数人缺少的正是面对真相的勇气，正视过去的目光。

"那个人"就是一种审视过去的目光，一个寻找真相的使者。他希望可以把一切原原本本地记录下来。在小镇为他举办的欢迎会上，镇长奥施威尔对于这位在战争之后第一位到访小镇的陌生人的发言，则代表了绝大部分镇上人的想法：

> "您别匆忙对我们作出不利的判断。我们经历了太多的严峻考验，我们的离群索居当然会迫使我们处在人类文明的边缘。……我们还需要学习的不是忘记过去，而是战胜过去，让过去永生永世远离我们，我们要竭尽全力阻止过去干扰我们的现在，更要阻止它干扰我们的未来。"③

镇上的人们其实都很清楚地知道真相是什么，只不过"他们"将之怪罪到战争的头上，把这一笔账算在各种的严峻考验身上，将责任推脱给人群。"他们"想要做的，是彻底切断过去这一令人心慌害怕的尾巴，从头开始新生活。而且"他们"提醒或者说威胁着"那个人"，不要用这一客观的目光检视"他们"的过去。因为"他们"知道这一过去经不起检视，真相几乎就那样血淋淋地摊在过去，而那真相是"他们"没有勇气面对的，而这也就造成了"他们"始终被来自过去的创伤纠缠。

而在调查"那件事"的过程中，布罗岱克自己也不时在心中窥见自己的

---

① 菲利普·克洛代尔. 布罗岱克的报告 [M].刘方，译.上海：上海译文出版社，2010：2.
② 菲利普·克洛代尔. 布罗岱克的报告 [M].刘方，译.上海：上海译文出版社，2010：176.
③ 菲利普·克洛代尔. 布罗岱克的报告 [M].刘方，译.上海：上海译文出版社，2010：191.

"火山口"，那一段他不愿面对的过去。他在克服对于自己过去的恐惧，对于自己最不堪一面的恐惧。只有直面自己最想隐藏的真相，过去才能真正地正视过去，停止对现在的纠缠，"火山口"中的岩浆才能停止沸腾。

为什么布罗岱克过去在集中营的经历被叫作"火山口"呢？"火山口"象征了不知何时就会爆发的内心的恶魔。战争在许多人的心里都留下了一个"火山口"。正是在战争这一特殊情景中，人们发现了自己内心中可怕残忍的一面。而战争之后，他们想要将这一面彻底忘记，开始新的生活。但他们其实都很清楚自己内心中有一个随时会爆发的火山，在火山口中，罪恶的岩浆始终在滚动着，或明或暗。他们害怕这岩浆，这不知什么时候就会涌出来再度毁坏一切的岩浆。只在"火山口"走上几步，人们就会看到过去自己所犯下的罪行，这让他们感到不安。这是一个很难被隐藏的秘密，这是一段并不能被遗忘的过去。

而对布罗岱克来说，真正折磨他内心的"火山口"，是在他被押送前往集中营的火车上，他和大学生克尔玛一起第一次出卖自己的善良的经历。在丢失了时间感和空间感的火车上，人们不知终点会是哪里，会在何时到达。这是一趟通向比死亡更加可怕的地方的旅程。这是一个毁灭所有人类良知的过程，是一个一步一步摧毁几千年来所建设起来的灵魂的高度的过程。很久以后，布罗岱克算出那次旅行一共是六天六夜：

> "上帝花了六天创造了世界。那些人一定想过，他们也需要六天才可以开始摧毁这个世界。开始在我们身上摧毁世界。"①

令人害怕的是死亡，而令人更为吃惊的则是，这种对死亡的恐惧可以让人将人性如此丑陋的一面展现出来。折磨着人的正是内心深处存在的这一丑陋的自己。

布罗岱克和克尔玛偷喝了他们身旁母子的救命的水。这水对于他们来说，不仅仅是水：

> "那就是生命，是的，是生命，这生命的滋味崇高而又腐臭，光彩夺

---

① 菲利普·克洛代尔. 布罗岱克的报告 [M]. 刘方，译. 上海：上海译文出版社，2010：277.

目而又令人厌恶，幸福而又痛苦，我相信我会带着憎恶回忆那滋味，直到我生命的最后一天。"①

　　人在面对死亡威胁的时候，在恐惧的驱使下，可能就会做出维护自己生命利益的事，而这样的事往往侵害了他人的生命。而这失掉良知、毁掉善良、会蚕食人心灵一辈子的行为，正是刽子手们最大的胜利——就是这个，让我们变成了跟"他们"一样的人。布罗岱克把后来所经受的所有痛苦都看作是对他的惩罚。但这一经历也让他对刽子手的行为和心理更为理解，对发生在自己身上以及"那个人"身上的惨剧能够接受并理解。过去发生的已经发生，活在逃避与悔恨里并不能使内心的创伤愈合。只有跨越创伤，从过去中汲取现在与未来的养分，才能真正使得过去的创口结痂。
　　布罗岱克梦到已经死去的大学生克尔玛这样对他说道：

　　　　"一个人的死永远抵偿不了另一个人的牺牲。……也不该由你来评判自己。也不该我来评判你。人，本不应该互相评判。人不是为此而生的。"②

　　当年，克尔玛和布罗岱克一起被运往集中营，在下火车后克尔玛选择了死亡。布罗岱克在心里一直因此谴责着自己，甚至认为克尔玛选择死亡是多么有勇气的举动，而他为了生存下去，抛弃了尊严，抛弃了良心，在集中营里变成了"狗布罗岱克"。到底哪一种选择才是正义的，才是有勇气的呢？
　　布罗岱克对这一经历的回忆出现在小说快要结尾的第三十七节。此时，他已经完成了报告。他回想起自己所经历的最黑暗的时刻，比对着"他们"对"那个人"所做的一切、对他所做的一切。布罗岱克困惑着：

　　　　"活着，继续活着，这也许就是确认现实并非完全真实，这也许就是在我们熟悉的现实变成了难以忍受的重负时，去选择另一个现实？……历史是不是由千百万个别的谎言缝合而成的重大真实……"③

---

①　菲利普·克洛代尔. 布罗岱克的报告［M］.刘方，译. 上海：上海译文出版社，2010：279.
②　菲利普·克洛代尔. 布罗岱克的报告［M］.刘方，译. 上海：上海译文出版社，2010：202.
③　菲利普·克洛代尔. 布罗岱克的报告［M］.刘方，译. 上海：上海译文出版社，2010：283.

究竟是要接受残酷的真相，忍受着内心滴血的痛苦，活在折磨之中呢，还是佯装可以遗忘一切，故作轻松地活在谎言之中呢？事实上，这折磨只是暂时的。布罗岱克知道人性的丑陋，他是恶行的受害者，却也是实施者。他理解伤害他的人，但也同时深深憎恨着这样的恶行，厌恶着自己。正是战争、死亡、恐惧，使得他和"他们"，变成了这样的人。而这一结果也就充分说明了战争、死亡、恐惧的胜利。如果不能够面对这一残酷的真相，那么就是输了第二次，就是将自己推入了黑暗的深渊，谎言的无底洞；在惭愧与厌恶自己的无限循环之中，所谓的重新开始，将永远无法到来。

《布罗岱克的报告》中有这样一个情节：有一天，客栈老板施罗斯在上酒之后并没有离开，而是和布罗岱克聊起来，他说自己跟布罗岱克的事绝对没有关系，他也很同情布罗岱克的妻子遭到德军的强暴。他很爱自己的妻子，也许她还在的话，他就不会让"他们"在他的客栈里杀掉"那个人"。然而，布罗岱克对施罗斯的话深表怀疑：

> "事后对所发生的事感到后悔，这向来不难理解。后悔不花一个子儿，后悔还能让人用猛水冲刷双手，洗刷记忆，使双手白净，记忆清新。"①

我们真的能在后悔中度过余生吗？只要吞下遗忘和后悔的药丸就能治愈一切吗？历史向我们证明着，从来都没有忘却，只有传承，只有真正面对内心之中的创伤，才能停止这创伤对受创者的折磨，忘却从来都不是停止伤痛的方法。忘却只是不敢面对真相的懦弱。

鲁迅先生说过："真的猛士，敢于直面惨淡的人生，敢于正视淋漓的鲜血。这是怎样的哀痛者和幸福者？然而造化又常常为庸人设计，以时间的流逝，来洗涤旧迹，仅使留下淡红的血色和微漠的悲哀。在这淡红的血色和微漠的悲哀中。又给人暂得偷生，维持着这似人非人的世界。"②敢于寻找真相，面对真相，敢于承认内心中的阴暗面，才是真的站在阳光之下。这样虽然会带来暂时的悲哀，但面对真相之后就可以跨越过去的创伤，获得未来的幸福。

---

① 菲利普·克洛代尔.布罗岱克的报告［M］.刘方，译.上海：上海译文出版社，2010：135.
② 鲁迅.鲁迅散文精选［M］.武汉：长江文艺出版社，2013：29.

寻找表面上的平静，妄想可以忘却一切重新开始，用后悔来安慰自己，这样始终不会摆脱内心的折磨。人生其实从来没有重新开始，我们都只有一次机会。父辈给予了战后一代一个沉重的包袱，战后一代被迫要接受这个沉重的过去，他们不得不去用自己的眼睛重新审视父辈的过去，是为了学习，是为了了解，也是为了解决一直缠绕在自己内心的不安。忘却从来都不是一种选择，我们只有直面过去，才能解答自己的困惑，才能更好地活在当下，展望未来。

镇长对于布罗岱克的报告的评价是，"是忘记的时候了，布罗岱克。人是需要忘记的"①。这种意义上的"忘记"对于"他们"来说，就是匆匆地将过去的罪恶掩埋起来，再不去想这其中的缘由，再不去面对自己心中的恶魔，假装这一切都没有发生过。而这样毫不负责对待过去的人，自然也就不会得到真正内心的安宁，过去的魂魄会一直回来骚扰"他们"。"那个人"揭露出"他们"想掩藏的内心的罪恶，这就将"他们"心中恶魔的火焰再度燃烧了起来。真正的"忘记"过去，"忘记"战争的创伤，必是建立在对过去创伤的正视以及理解之上的。正如小说《法兰西兵法》中萨拉尼翁舅舅对《奥德赛》的解读，只有没有人能够认出战船之桨，没有人能认出战争中所使用的武器的时候，战争才真正远离了，被遗忘了。这是一个理想的结果，但这个过程需要时间，更需要的是面对真相的勇气。

布罗岱克找到了"那件事"的真相，也找到了自己内心中的真相。是这份报告，是调查"那件事"帮助布罗岱克面对了过去，勇敢地跳入"火山口"去寻找，去理解真实的自己，去清理战争给自己内心留下的创口。他不再逃避"火山口"中的回忆，他接受了当时自己的行为和情感，他接受了内心真实的自己。并因为自己的经历，而理解了小镇人，理解了战争中、集中营里自己的对立面。在真正面对接受自己的经历之后，布罗岱克就具有了一种眼光，一种胸怀。正是这种眼光和这种胸怀让他跨越了过去的创伤，并将这种理解运用到当下，使得他能够勇敢地走向未来。

小说中的一个细节意味深长：布罗岱克的名字被刻在了镇上的战争纪念碑上，碑上记录的都是因战争而死亡的人。尽管养路工费尽力气想要擦掉那名字，因为当年关于布罗岱克的噩耗是假消息，但是布罗岱克自己还是能看

① 菲利普·克洛代尔. 布罗岱克的报告 [M]. 刘方，译. 上海：上海译文出版社，2010：291.

到碑上写着他的名字。也许，布罗岱克确实已经在战争中死去了一回，那个受尽折磨的"狗布罗岱克"死掉了。而这一段过去却如那名字一样不该被抹掉，被遗忘，而是应该被记住，被纪念，被理解，这样，人们才能真正地走出过去的创伤；这样，人们才不会在与内心恶魔的对抗中再输一城，而被恶魔从此牢牢缠住；这样，人们才能够带着更坦荡的内心继续未来的生活。没有刻意的回避，没有故意的遗忘，没有反复的后悔，阳光照耀着内心的每一个角落，生活不再浸泡在忏悔与恐惧之中，这一切使得未来充满了希望。

小说的最后，布罗岱克带着自己的一家人再度启程，奔向远方。对这一家而言，这一新的开始并不是对过去的逃避，而是获得真相之后，内心澄明地奔向光明。在离开时，布罗岱克再次观察小镇：

"我们的小镇，正如奥施威尔所说，看上去就像一个畜群，一个房舍群……"①。

布罗岱克一家离开了这个畜群，因为他们获得了真相，也不愿像牲畜一样继续生活在谎言之中。他们在这里完成了人生的重要经历，而这个曾经温暖，之后变得可怜而又可怕的小镇，就这样慢慢消失在他们一家的身后，因为那是一个不真实的地方，一个谎言编织成的世界。他们勇敢地面对了过去的真相，理解了当时的自己与事件中的对方。并从中汲取了面对未来的勇气。他们不是要换个地方，遗忘过去，而是选择不再生活在这个充满谎言与逃避的小世界，要去更广阔的世界，用来自过去的力量迎接更美好的未来。

"仿佛随着我往前走，人家已经拆掉了布景，卷起了彩布，灭掉了灯光。然而，对此，我，布罗岱克，我不该是责任人。这样的消失并非我的罪过。"②

因为谎言必将会散去，真相总能留存。过去的细节或许会被遗忘，但过去留下的馈赠会长存世人心间。

---

① 菲利普·克洛代尔. 布罗岱克的报告［M］.刘方，译.上海：上海译文出版社，2010：294.
② 菲利普·克洛代尔. 布罗岱克的报告［M］.刘方，译.上海：上海译文出版社，2010：296.

结　语

　　战争给人类带来死难，而给幸存者留下的则不仅有身体上的伤害，更有难以治愈的心理创伤。身体上的伤口或许很快可以愈合，但内心的创伤却很难跨越。这一创伤不仅影响着经历战争的这一代人，更会给战后一代带来深重的影响。

　　战后一代没有经历过战争，但是父辈的过去，父辈所受到的创伤成为他们不得不接受的遗赠。于是，这段过去成为战后一代作家表现的对象，以及创作的源泉。他们的作品依据史实、父辈的记忆、自己获得的后记忆写就。他们用自己的眼光来看待这段过去，讲述过去对战争一代以及他们的后代带来的影响。而这类文学作品又多以表现对创伤的跨越为主题。本文主要分析的法语作品——阿历克西·热尼的《法兰西兵法》、皮埃尔·贝茹的《妖魔的狂笑》、菲利普·克洛代尔的《布罗岱克的报告》——都是后记忆文学的代表作，它们的主题就分别对应跨越创伤的三个步骤。

　　对内心创伤的跨越，主要有三个步骤，那便是回想，进现与最后的修通。

　　第一个步骤是回想。在后记忆文学作品中，常常表现出战争一代以及战后一代对不愿回想的痛苦过去的逃避，过去回忆与现实情况之间的交叉以及无法避免的过去对现在的深深影响。例如《布罗岱克的报告》中，小镇人对过去真相的百般逃避，反而使他们越发陷入内心的折磨。只有直面灰暗过去的主人公最后得到了救赎。又如《法兰西兵法》中，战后一代"我"为不能言明的内心躁动而困扰，是经历过战争的老兵萨拉尼翁通过讲述自己的亲身经历帮助了"我"。只有通过对父辈战争经历的了解，才会使战后一代平息内心的骚动，真正找到解决现实社会中问题的良方。

　　《法兰西兵法》中描写到，"我"在学画之后回家的路上，遇到一群在玩的小孩子，他们说着法语，却没有一个是像"我"一样的白色面孔。但是叙述者觉得，他们可以互相理解，他们在同一个语言中吸取养分，孩子们就是他们的未来。此时，有一个小男孩跑过来问"我"：

　　"你为什么忧伤？"

"我想到了死亡。想到了留在我们身后的所有死去的人。"

他瞧着我，点了点头，嘴巴大张着，他吐出的哈气把他围了起来。

"假如你不想到死亡，你就无法活着。"①

由一个小孩子来告诉"我"这一道理，再合适不过了。孩子们充满着生命力，他们对一切都无所畏惧，似乎一切都不能对他们造成伤害。他们对所有事物都呈现着打开的状态，没有偏见。有时候，如孩童般思考，会使困扰人多时的复杂问题的答案变得简单而直白。孩子们不会在思考问题的过程中加入太多不必要的因素，不像我们为了解决一个问题，偏要给它扣上另外一个帽子，找另外一个理由，从而绕过解决原始问题时我们所不愿谈及的部分。但往往只有直面表象之下的过去这一根本，才能找到解决问题的良方。

第二个步骤是进现，在能够面对过去事实之后，需要将自己对于该事件的情感抒发出来，也就是在停止压抑回忆之后，进一步停止压抑情绪，后记忆文学作品中常常会描写到这种情绪的释放。《妖魔的狂笑》中，保罗的每一个雕塑作品都是他对战争情感的一种抒发。小说的女主人公克拉拉也一样，这种对于战争，对于父辈过去强烈情感的抒发，是她进行摄影创作的动机和灵感的源泉，也是他们背着沉重的行囊却依然可以前进的原因。

保罗对战争这一苦难过去所抱有的情感在他众多的作品之中都有体现。他的作品《兽之腹》，表现的是一个浮现出笑意的沉睡的鬼怪，而在这个雕塑中有一个裂缝，通向一个不见底的深渊。而在裂缝中，保罗放进了绕在铁棍上的一百公斤铁丝。这裂缝与铁丝只有从某个角度观察雕塑时才能看得到。这个妖魔的笑只是表面现象，如果不耐心寻找，就不会看到它腹中缠绕的铁丝。这似乎也象征了，战争这一吃人的妖魔，或是在战争中被变成了杀人妖魔的人类，不管外表看上去有多么强大与狂妄，最终还是会受到自己腹中罪孽的深深折磨。而裂缝与铁丝只能在一定的角度下才能看见，这似乎也可以看作是一个比喻：在战后继续深受战争折磨的人们，表面看似疯狂，实际内心里都受到了无尽的折磨。这种通过艺术作品的创作来抒发自己情感的方式，让战后一代找到了自己内心炙热熔岩的出口。也许正像这一雕塑所表现的那样，即便只是从某一角度才能看到妖魔腹中的苦痛，那也是直面了真相，坦

① 阿历克西·热尼. 法兰西兵法 [M]. 余中先，译. 南京：译林出版社，2015：398.

白了自己内心中的情感，并将其释放出来。

第三个步骤是修通，修通便是将过去、现在与未来之间的桥梁疏通。心理创伤会造成受创者对过去记忆的压抑，这也就是切断了过去与现在、未来之间的联系。而在面对过去回忆并抒发与之相关的情绪之后，受创者便能够用一种更加成熟的眼光回顾过去，从中提炼出能够对当下、对未来具有指导意义、带来正面影响的成分，这便是修通创伤的意义所在，也是后记忆文学的落脚点。

人都是趋利避害的，这是人之本性，大多数人都不愿面对使他们痛苦的真相。事实的真相，人内心的真相就在那里，人们缺乏的是面对真相的勇气。《布罗岱克的报告》开篇便说道：

> "事实真相，它可能斩断人的双手，留下的伤口可能让人难以带着它们继续活下去，而我们大多数人所希冀的，只是活下去。活得尽量少些痛苦。这就是人性。"①

这也是小说中小镇上的人要求布罗岱克做关于"那件事"报告的原因，"他们"需要这份报告帮助他们掩盖真相，好继续生活。"他们"并不试图去了解面对真相，否则那来自过去的创伤便会一直纠缠着"他们"。回顾真相已经很难，能够从过去残酷的真相中提取出让人活下去的积极意义就更是难上加难，而布罗岱克最终鼓起勇气面对了自己内心的"火山口"，接受理解了发生在自己身上的事，并带着这来自过去的馈赠勇敢地奔向了未来，跨越了自己的创伤。

战争是残酷的，它不仅吞噬人的身体，更蚕食人的心灵，它给人类带来的创伤是难以平复的，尤其是心理创伤。这种伤害甚至会遗留给后代，而后记忆文学的出现事实上就是这一创伤传递的证明，是战争之可怕的又一佐证。传统战争文学通过描述战争的残酷、人在战争中的脆弱渺小来批判战争。而后记忆文学则让我们不仅看到战争当时的残酷，更看到战争之后带来的绵延不绝的影响，但又不仅仅止步于此。

战后一代作家所创作的后记忆文学作品以他们所获得的后记忆为基础，

---

① 菲利普·克洛代尔. 布罗岱克的报告 [M]. 刘方，译. 上海：上海译文出版社，2010：2.

以创伤的跨越为主题，表现出战后一代对战争的理解。战后一代没有亲身经历过战争，于是战争带给他们的首先是一种感觉，一种不能言明的情绪。战后一代看待过去战争的眼光不同于他们的父辈，他们带着自己强烈的感情却又更为客观。他们对于过去战争的这一回眸是不可避免、十分必要的。他们关注战争带给人类的沉重心理创伤，经历战争的一代在战争中心理受到了极大的冲击，并一生受累，战后一代也没有选择地受到父辈历史的影响，获得了跨代际的心理创伤。只有回顾过去战争，了解和理解战争给人类带来的伤害，才能修通战争一代与战后一代自身内心的创伤。修通心理创伤，使得过去战争的创伤能够对现在的生活、对未来产生正面的影响，便是后记忆文学这一对过去回眸的意义所在。

　　本文用创伤理论来分析后记忆文学，体现出了后记忆文学的本质；它既是战争创伤的一种表现，又是跨越创伤的一种方法。后记忆文学是望向过去战争的一道独特的目光，这一饱含感情的回眸带我们见识到战争那残酷而血淋淋的真相，却也带我们铭记过去，走出过去，使得我们得以更睿智、更从容地面对现实与未来社会中的问题，同时这也以另一种方式为人类敲响了反战的警钟。

参考文献

［1］ 巴比塞. 火线［M］. 一沙, 译. 北京：人民文学出版社, 1958.

［2］ 巴拉德. 太阳帝国［M］. 董乐山, 译. 上海：上海译文出版社, 2007.

［3］ 皮埃尔·贝茹. 妖魔的狂笑［M］. 郭安定, 译. 北京：人民文学出版社, 2007.

［4］ 皮埃尔·布尔. 桂河大桥［M］. 王文融, 译. 上海：上海译文出版社, 2010.

［5］ 迟子建. 伪满洲国［M］. 北京：人民文学出版社, 2004.

［6］ 都德. 最后一课［M］. 郝运, 译. 上海：上海译文出版社, 2007.

［7］ 马尔克·杜甘. 幸福得如同上帝在法国［M］. 吴岳添, 译. 北京：人民文学出版社, 2003.

［8］ 马尔克·杜甘. 军官病房［M］. 吴岳添, 译. 北京：人民文学出版社, 2005.

［9］ 玛格丽特·杜拉斯. 广岛之恋［M］. 谭立德, 译. 上海：上海译文出版社, 2015.

［10］ 让·哈兹菲尔德. 羚羊战略［M］. 龙云, 译. 南京：译林出版社, 2010.

［11］ 荷马. 奥德赛［M］. 王焕生, 译. 上海：上海人民出版社, 2014.

［12］ 埃曼努埃尔·吉贝尔. 阿兰的战争［M］. 孟蕊, 译. 北京：北京联合出版公司, 2015.

［13］ 弗朗兹-奥利维埃·吉斯贝尔. 美国佬［M］. 余中先, 译. 北京：人民文学出版社, 2009.

［14］ 加斯卡尔. 死亡的时代［M］. 沈志明, 译. 上海：上海译文出版社, 2015.

［15］ 克拉韦尔. 冬天的果实［M］. 周国栋, 译. 桂林：漓江出版社, 1993.

［16］ 斯提芬·克莱恩. 红色英勇勋章［M］. 黄健人, 译. 桂林：漓江出

版社，2012.

　　[17] 拉莱·科林斯，多米尼克·拉皮埃尔. 巴黎烧了吗？[M]. 董乐山，译. 南京：译林出版社，2002.

　　[18] 菲力普·克洛岱尔. 林先生的小女儿 [M]. 尚雯婕，译. 南京：译林出版社，2009.

　　[19] 菲利普·克洛岱尔. 灰色的灵魂 [M]. 胡小跃，译. 桂林：漓江出版社，2004.

　　[20] 菲利普·克洛代尔. 布罗岱克的报告 [M]. 刘方，译. 上海：上海译文出版社，2012.

　　[21] 让·马·居·勒克莱齐奥. 诉讼笔录 [M]. 许钧，译. 上海：上海译文出版社，2008.

　　[22] 勒克莱奇奥. 饥饿间奏曲 [M]. 余中先，译. 北京：人民文学出版社，2009.

　　[23] 勒克莱奇奥. 战争 [M]. 李焰明 ，袁筱一，译. 南京：译林出版社，2009.

　　[24] 埃里希·玛利亚·雷马克. 西线无战事 [M]. 李清华，译. 南京：译林出版社，2007.

　　[25] 乔纳森·利特尔. 复仇女神 [M]. 余中先，译. 南京：译林出版社，2010.

　　[26] 莫泊桑. 羊脂球 [M]. 郝运，王振孙，译. 上海：上海译文出版社，2008.

　　[27] 莫迪阿诺. 星形广场 环形大道 [M]. 李玉民，译. 上海：上海三联书店，2008.

　　[28] 莫迪阿诺. 暗店街 [M]. 李玉民，译. 上海：上海三联书店，2008.

　　[29] 帕特里克·莫迪亚诺. 夜巡 [M]. 张国庆，译. 北京：人民文学出版社，2015.

　　[30] 罗朗·莫维尼埃. 男人们 [M]. 余中先，译. 长沙：湖南文艺出版社，2010.

　　[31] 伊莱娜·内米洛夫斯基. 法兰西组曲 [M]. 袁筱一，译. 北京：人民文学出版社，2006.

　　[32] 乔伊斯·卡罗尔·欧茨. 掘墓人的女儿 [M]. 汪洪章，付垚，沈菲，

译. 北京：人民文学出版社，2012.

[33] 阿历克西·热尼. 法兰西兵法 [M]. 余中先，译. 南京：译林出版社，2015.

[34] 本哈德·施林克. 朗读者 [M]. 钱定平，译. 南京：译林出版社，2009.

[35] 克劳德·西蒙. 弗兰德公路 [M]. 林秀清，译. 桂林：漓江出版社，1987.

[36] 米歇尔·图尼埃. 桤木王 [M]. 许钧，译. 上海：上海译文出版社，2000.

[37] 南希·休斯敦. 断线 [M]. 陈蓁美，译. 中国台湾：木马文化事业有限公司，2008.

[38] 维尔高尔. 海的沉默 [M]. 赵少侯，译. 北京：作家出版社，1953.

[39] 张放，晶尼. 法国文学选集 [M]. 北京：外语教学与研究出版社，2010.

[40] 扬·阿斯曼. 文化记忆 [M]. 金寿福，黄晓晨，译. 北京：北京大学出版社，2015.

[41] 齐格蒙特·鲍曼. 现代性与大屠杀 [M]. 杨渝东，史建华，译. 南京：译林出版社，2002.

[42] 布克哈特. 世界历史沉思录 [M]. 金寿福，译. 北京：北京大学出版社，2007.

[43] 陈思广. 战争本体的艺术转化——二十世纪下半页中国战争小说创作论 [M]. 成都：四川出版集团巴蜀书社，2005.

[44] 维克多·弗兰克尔. 活出生命的意义 [M]. 吕娜，译. 北京：华夏出版社，2010.

[45] 西格蒙德·弗洛伊德. 精神分析引论 [M]. 高觉敷，译. 北京：商务印书馆，1984.

[46] 莫里斯·哈布瓦赫. 论集体记忆 [M]. 毕然，郭金华，译. 上海：上海人民出版社，2002.

[47] 安妮·怀特海德. 创伤小说 [M]. 李敏，译. 郑州：河南大学出版社，2011.

[48] 爱德华·霍列特·卡尔. 历史是什么 [M]. 陈恒，译. 北京：商务

印书馆，2007.

[49] 米兰·昆德拉. 小说的艺术 ［M］. 董强，译. 上海：上海译文出版社，2004.

[50] 米兰·昆德拉. 被背叛的遗嘱 ［M］. 余中先，译. 上海：上海译文出版社，2003.

[51] 刘洪一. 犹太文化要义 ［M］. 北京：商务印书馆，2006.

[52] 柳鸣九. 法国文学史 ［M］. 北京：人民文学出版社，2007.

[53] 乔国强. 美国犹太文学 ［M］. 北京：商务印书馆，2008.

[54] 乔国强. 从边缘到主流：美国犹太经典作家研究 ［M］. 北京：世界图书出版社，2015.

[55] 单世联. 黑暗时代、大屠杀与纳粹文化 ［M］. 广州：广东人民出版社，2015.

[56] 吴岳添. 法国小说发展史 ［M］. 杭州：浙江大学出版社，2004.

[57] 徐真华，黄建华. 20 世纪法国文学回顾——文学与哲学的双重品格 ［M］. 上海：上海外语教育出版社，2008.

[58] 许钧，宋学智. 20 世纪法国文学在中国的译介与接受 ［M］. 武汉：湖北教育出版社，2007.

[59] 赵静蓉. 文化记忆与身份认同 ［M］. 北京：三联书店，2015.

[60] 郑克鲁. 法国文学史 ［M］. 上海：上海外教出版社，2003.

[61] 张全之. 火与歌——中国现代文学、文人与战争 ［M］. 北京：新星出版社，2005.

[62] A. Barjonet et L. Razinsky (dir.). Writing the Holocaust today. Critical perspectives on Jonathan Littell's ［M］. New York：Harper Collins Publisher：The Kindly ones, Rodopi, 2012.

[63] Marie-Hélène Boblet et Bernard Alazet. Ecritures de la guerre aux XX et XXI e siècles ［M］. De Dijan：Presses universitaires de Bourgogne, 2010.

[64] Cathy Caruth. Listening to Trauma：Conversations with Leaders in the Theory and Treatment of Catastrophic Experience ［M］. Baltimore：Johns Hopkins University Press, 2014.

[65] Cathy Caruth. Literature in the Ashes of History ［M］. Baltimore：Johns Hopkins University Press, 2013.

[66] Cathy Caruth. Trauma: Explorations in Memory [M]. Baltimore: Johns Hopkins University Press, 1995.

[67] Cathy Caruth. Unclaimed Experience: Trauma, Narrative and History [M]. Baltimore: Johns Hopkins University Press, 1996.

[68] Suzette Henke. Shattered Subjects: Trauma and Testimony in Women's Life-Writing [M]. New York: Palgrave Macmillan, 2000.

[69] Marianne Hirsh. Family Frames: Photography, Narrative and Postmemory [M]. London: Create Space Independent Publishing Platform, 2012.

[70] Marianne Hirsh. Ghosts of Home: The Afterlife of Czernowitz in Jewish Memory [M]. California: University of California Press, 2011.

[71] Marianne Hirsh. The Generation of Postmemory: Writing and Visual Culture After the Holocaust [M]. New York: Columbia University Press, 2012.

[72] Dominick LaCapra. History and Memory after Auschwitz [M]. New York: Cornell University Press, 1998.

[73] Dominick LaCapra. Representing the Holocaust: History, Theory, Trauma [M]. New York: Cornell University Press, 1994.

[74] Dominick LaCapra. Writing History, Writing Trauma [M]. Baltimore: Johns Hopkins University Press, 2001.